PITIÉ POUR LE MAL

Poète, acteur, sculpteur, maître dans l'art du vitrail et écrivain, Bernard Tirtiaux vit et travaille en Belgique. Après *Le Passeur de lumière* (Denoël, 1993) et *Aubertin d'Avalon* (Lattès, 2002), il signe ici son sixième roman.

Paru dans Le Livre de Poche :

AUBERTIN D'AVALON
PRÉLUDE DE CRISTAL

BERNARD TIRTIAUX

Pitié pour le mal

ROMAN

JC LATTÈS

ISBN : 978-2-253-11843-5 – 1re publication LGF

À mon père,
raconteur d'histoires,
ce conte rendu.

« Nous vivions [...] dans un monde dévasté ; et faute d'avoir su le prendre en pitié, nous nous en étions détournés, aggravant ainsi et son malheur et le nôtre. »

Milan KUNDERA,
La Plaisanterie.

1

Il n'y a pas si longtemps que j'ai pris note de cette différence que font les habitants des régions côtières entre « noyé » et « disparu en mer ». À ma décharge, mes racines paysannes m'ont toujours retenu en ce pays de doux vallonnements bien nommé « Wallonie » et, s'il m'est arrivé de me perdre aux confins des terres, je n'ai jamais pris le large. J'aurais dû cependant ne fût-ce que pour donner suite à une des généreuses invitations de mon frère Mutien lequel se découvrit en fin d'adolescence une indéfectible passion pour la voile. Traversées en solitaire, régates et autres défis marins ont jalonné sa vie jusqu'au jour où, pour un mystérieux motif, ce diable de navigateur a jugé bon de ne plus nous informer de ses ports d'attache.

De cinq ans mon aîné, Mutien était mon inséparable et, cela, malgré l'établissement entre lui et moi d'un duo de sœurs. Enfant, comme j'admirais Mutien, combien je le vénérais ! Dire qu'il était le grand frère, le frère de cœur ou de légende, ne suffit pas à exprimer l'attachement que j'avais pour lui. Rien de comparable avec le reste de la fratrie, Damien ou Paul, ou encore Gilbert qui me suivait d'une année et avec qui tout m'appariait : l'âge, la taille et même la blondeur.

Mutien était noir de cheveu, noir comme ma mère, seul à être noir dans notre vaste famille qui ne comptait pas moins de neuf enfants : cinq garçons et quatre filles.

Toujours à remonter d'un coup de tête une mèche rebelle, Mutien apparaissait en toute circonstance comme chef de bande, conquérant. Son regard défiait. D'une beauté farouche, mon frère incommodait les uns et séduisait les autres. Même réaction lorsqu'un sourire éclairait ses traits. Pourchassé en classe pour ses airs prétendument insolents, Mutien constituait, par ailleurs, un recours providentiel pour des enseignants en mal d'autorité.

L'anecdote à laquelle je pense en écrivant ces lignes remonte au début de la guerre. Pilier de l'école de village que nous fréquentions, notre instituteur, M. Duperoy, avait dû prendre congé pour des raisons de santé. Pour le remplacer, le pouvoir organisateur engagea une demoiselle entre deux âges qui n'avait de fluet que le timbre de la voix. Chahutée par les garnements que nous étions, la malheureuse alternait menaces, supplications et sanglots pour se faire entendre. Son calvaire cessa le jour où, d'autorité, Mutien se leva et monta sur l'estrade. Il n'eut qu'à décréter la fin du chambard et, du plus grand au plus petit, plus personne ne broncha…

Grand frère, où es-tu maintenant ? Sur quelle mer navigues-tu ? De quelle île, de quel continent as-tu fait ton royaume ? Où voulais-tu m'amener la dernière fois que tu jetas ton voilier sur les flots ? Griffe infime sur la peau grise des océans, la trace de ton périple est bien marquée quelque part…

« Disparu en mer », dit-on dans mon entourage. Je ne peux pas le croire et chaque jour qui vient lève en moi le sentiment que tu vas revenir, passer par le jardin, pousser sans bruit la porte arrière de la maison dans l'intention de me surprendre puis, face à moi, te cabrer un moment pour rejeter en arrière ta mèche en berne, contracter ton front, me transpercer de tes yeux d'archer, me prendre ensuite dans tes bras solides et m'étreindre sur un rire.

2

Que n'ai-je accepté de suivre mon frère cette dernière fois où il tentait de m'entraîner dans ses rêves de pourfendeur des mers ! Rien d'important ne me retenait alors. Sans entrer dans les détails, disons que ma vie avait basculé à cette époque et s'était désencombrée en quelques mois des êtres et des occupations qui lui donnaient son sens. Eh oui, au bout de vingt-cinq années de piété soumise, j'ai rompu mes vœux et quitté avec pertes et fracas la communauté monastique qui m'hébergeait pour me retrouver seul à digérer mon infamie, à savoir, dans le jargon catholique, ma « réduction à l'état laïc ». Mutien fut sensible à mon mal-être renfrogné et c'est pour cette raison qu'il me proposa à plusieurs reprises de l'accompagner en mer. « Rien que nous deux », disait-il.

Et de revenir, chaque fois qu'il me rendait visite, sur cette escapade d'enfance que nous fîmes ensemble sur les paturons de Gaillard de Graux, le cheval champion de notre père. La belle épopée.

Emmitonné dans la ouate morose de mes petites misères, je ne fus même pas à Saint-Malo le jour où il leva l'ancre, le dernier rendez-vous auquel il me convia.

Aujourd'hui encore, j'en pleure de rage.

Tes sœurs qui sont aussi les miennes m'énervent. Elles ont décidé que tu ne reviendrais plus. Pis, que tu n'es plus de ce monde et que le temps est venu de vider ton appartement. Elles sont plus infernales les unes que les autres mais, là-dessus, je ne t'apprends rien. Je suis moins connaisseur que tu ne l'es en matière féminine mais cela doit être un trait du genre d'éradiquer l'incertitude en sortant des placards brosses et aspirateurs. Une fois les poussières prises, tes armoires vidées, tes bibelots et tes souvenirs expédiés à la brocante, plus question que tu réapparaisses. Elles le prendraient mal.

En ce qui me concerne, je ne veux rien perdre de toi, surtout pas l'espoir de ton retour.

D'ailleurs, j'ai pris les devants en débarquant en tempête chez Solange.

— Hors de question de toucher à quoi que ce soit. Nous n'avons aucune preuve que Mutien soit mort.

— Mon pauvre Abel, m'a-t elle répondu avec cette mine contrite qui lui colle à la peau comme le tatouage sur l'épaule du docker, après six années sans le moindre signe de vie, il y a fort à penser… D'ailleurs, nous nous sommes informées et, sur le plan juridique, Damien prétend…

Je n'ai pas résisté dix minutes à son discours. Il a fallu que j'invente un prétexte pour m'échapper et rentrer chez moi.

Ah, nom de bleu, quel mauvais tour tu nous as joué là, mon Mutien.

Peine perdue. Mes sœurs et belles-sœurs se sont mises à sept pour ébranler mon souhait de conserver en l'état l'appartement déserté par mon frère. Face à la pression générale, il m'a fallu transiger. Ma seule victoire dans cette bataille a été d'obtenir la préséance de cette mise à sac dans le but avouable de sauver de la dispersion tout ce qui touchait à la vie privée de Mutien. Septembre allait sur sa fin quand je reçus les clés des mains de Solange.

— Nous arriverons en force ce samedi, m'annonça ma sœur. Ça te laisse trois jours pour prélever ce que tu as à prélever. (Et d'ajouter pour couper court à tout marchandage :) C'est plus de temps qu'il n'en faut !

Je n'en demandais pas davantage et elle reçut presque ma bénédiction.

Soucieux de mettre à profit le délai imparti, je rentrai chez moi sans traîner pour boucler ma valise, rassembler un maximum de caisses vides. Je suis parti aussitôt pour Dunkerque. En fin d'après- midi, ma clé fourrageait dans la serrure de son appartement puis j'ai poussé la porte sur un antre obscur, sentant le renfermé. Je me serais introduit dans une chambre mortuaire que je n'aurais pas été moins bouleversé.

Pour me donner contenance, je me suis comporté comme si j'étais dans sa peau et que je rentrais de voyage. J'ai relevé les volets, enclenché le fusible général, ouvert la vanne des eaux. Il y avait du bois près de la cheminée et j'ai allumé un feu. Je me suis ensuite calé dans son fauteuil. J'ai même amené à mes lèvres une vieille pipe déposée là sur un cendrier. L'empoussièrement et l'inconfort de cette habitation crue ne m'indisposaient pas. Seules m'importaient ces retrouvailles mimétiques avec l'absent. Au bout d'un moment, j'étais apaisé et je pris mes aises. J'aurais pu me sentir menacé car j'avais devant moi un mur hérissé d'une demi-douzaine de massacres de cerfs, de défenses de sangliers sur écussons de bois et autres trophées venus d'autres cieux.

Chaque ramure était lourde d'une histoire qui m'avait été racontée et dont j'avais gardé quelques bribes dans mes souvenirs. Ainsi ce dix-huit cors que Mutien n'avait pas voulu tirer en présence de ses biches et qu'il pista trois semaines dans une forêt de Pologne pour se trouver seul à seul avec lui et le culbuter d'une balle en plein cœur.

— L'élégante cruauté du chasseur, avais-je dit, le jour où il m'avait fait le récit de cette traque inégale.

— Tu sais ce qui arrive à un chef de harde évincé ?

Je n'ai pu lui répondre.

— Ou il se fabrique un cancer pour mourir, ou il part chercher la balle !

Je n'ai pas saisi le sens du sourire amène qu'il fit au bon moine que j'étais. Ainsi soit-il !

Le feu est retombé et je me suis mis en quête de l'endroit où était rangé le bois. J'ai marqué un arrêt devant un vaisselier encombré de livres, de beaux atlas. Masqué par la porte du séjour, l'arsenal de Mutien. Je n'avais jamais tenu une arme en main et j'ai eu la fantaisie de prendre un fusil. Il y avait des cartouches dans une gibecière et j'ai goûté le plaisir d'en glisser deux dans les canons superposés. Un claquement sec et j'ai logé la crosse dans le creux de mon épaule. Je me suis surpris dans un miroir en pied et cela m'a fait rire. Il aurait ri lui aussi s'il m'avait vu. J'ai évolué aux antipodes des chemins aventureux qu'il arpenta toute sa vie. Tournant sur moi-même, je mettais en joue un tableau représentant un sanglier à l'allure prussienne aux prises avec des chiens quand un timbre de sonnette m'arracha à mon jeu. Tel un garnement pris en faute, je me suis débarrassé à la va-vite de mon arme en la remisant dans un coin de la pièce. Il en résulta une déflagration, suivie de la chute d'un pan de plâtre. En écho, un hurlement féminin et un bruit de dégringolade dans l'escalier. La concierge, car c'était-elle, ayant aperçu de la lumière au troisième était venue pousser un œil et voilà l'accueil que je lui avais réservé.

— Le coup est parti tout seul, madame ! balbutiai-je dans la confusion alors que je me muais en brancardier pour transporter avec l'aide d'un colocataire cette vigoureuse Portugaise en son logis.

Cette bévue m'a coûté trois heures de tracas. Quand je suis remonté, le feu était éteint. Dépité, j'ai pris la direction de la chambre de Mutien et, mes chaussures enlevées, je me suis glissé tout habillé dans son lit.

Curieux matin où je ne réalise pas tout de suite dans quel endroit j'ai passé la nuit. Moi qui suis un usager du lit simple, des couvertures de bonne laine et des draps tirés, j'ai bien cru me noyer dans cet amoncellement d'édredons, de polochons et de coussins où Mutien s'immergeait pour dormir.

Une fois debout, j'ai enfilé une paire d'espadrilles rangées près de la table de nuit. Elles étaient à mon pied. C'est chaussé de la sorte que je me pointai dans une brasserie de la rue pour prendre un petit déjeuner. Le serveur avait l'entrain d'un danseur de tango. Quand il m'apporta mon second café, il me demanda si j'avais un lien de parenté avec « le marin ». Je n'ai pu cacher mon étonnement.

— Qu'est-ce qui vous a mis sur la piste ? dis-je.

— Le bas du visage, la façon de vous installer, de considérer les gens…

Je fus sensible à ce rapprochement et, si je n'avais été pressé de me mettre à l'ouvrage, j'aurais volontiers questionné ce garçon sur mon frère. Partie remise.

Il faisait humide dans l'appartement et j'ai enfilé la robe de chambre de Mutien pour me tenir chaud. Les caisses vides disposées autour de moi, c'est à son bureau que je m'attaquai en premier chef. Piles de lettres ficelées, carnets griffonnés, pochettes rassemblant des photos, tout ce qui, à mon idée, faisait figure de bien intime passa dans mes cartons. Verrouillée sans que j'en trouve la clé, une boîte en fer-blanc décorée d'oiseaux bleus suivit le même chemin. Dans le doute, il m'arriva de soustraire des documents dont la confidentialité devait être préservée. Qui mieux que moi pouvait se porter garant du secret de la confession ?

Deux journées pleines n'ont pas été de trop pour empaqueter. Le dernier jour, avant de vider définitivement les lieux, j'ai pioché parmi les livres et les disques en interrogeant mon frère en pensée pour n'emporter chez moi que ce qu'il aurait jugé lui- même inaliénable. Ma voiture pleine à ras bord, je pus clore enfin ce déménagement par la remise à leurs places respectives des espadrilles et de la robe de chambre empruntées. Avant de lever le camp, je me suis recueilli un moment pour entériner comme il se devait cette liturgie de la passation mais ma méditation fut interrompue par Solange et consœurs qui déboulaient dans l'appartement. À voir les regards inquiets qu'elles jetaient sur les pièces de valeur, je ne pus m'empêcher de penser à Orphée déchiqueté par ses amoureuses.

Je fus content d'échapper à ce dépeçage. Mais cette préséance dont j'ai bénéficié me vaut aujourd'hui un blâme de la tribu. Celle-ci me reproche de m'être octroyé la part du lion dans ce partage.

Autant le reconnaître, je me suis accordé un trésor sentimental d'une valeur inestimable face auquel leurs décomptes de soucoupes et de petites fourchettes me font pouffer de rire.

3

J'ai fait agrandir et encadrer pour la mettre au mur face à mon bureau, une photo de Mutien prise en juillet 1944. J'ai mis longtemps avant d'arrêter ma décision car je possédais des clichés de lui plus récents. En somme, j'avais à trancher entre l'arrogance combative de l'adolescent et la force de séduction de l'adulte. J'ai privilégié l'homme en devenir à l'homme accompli.

La raison qui m'a mené à ce choix tient à cette fugue mémorable que nous fîmes lui et moi en septembre 1944 au cœur de l'Allemagne dévastée. J'avais huit ans à l'époque et Mutien treize comme sur la photo. La guerre allait alors sur sa fin avec le repli des troupes allemandes que pilonnaient les Alliés. On sentait souffler avec soulagement le vent de la libération, ce qui n'empêchait pas nombre d'hommes et de femmes de voir l'avenir sous un jour catastrophé.

Victime des circonstances, ma famille qui exploitait une grosse ferme carrée du Brabant wallon avait été lourdement éprouvée par la mort tragique de mon père en juin 1943. Alors qu'il rentrait son foin, le cher homme s'était vu emporté par les nazis et paya d'une balle dans la nuque des violences perpétrées par des anonymes contre l'armée d'occupation.

Je vois encore son corps inerte que l'on ramène sur un chariot-plateau, la tache noire derrière son oreille. Ma mère se tient immobile devant la porte de la maison. Elle ferait un pas qu'elle perdrait l'équilibre. Nous nous mettons en grappe autour d'elle. Nous l'étreignons alors qu'elle se libère d'un chagrin sourd, immobile, infiniment digne. De notre côté, nous pleurons à gros bouillons les uns sur les autres tandis que les servantes aident Jef et René à porter notre père infortuné dans la salle à manger dont on a dégagé la grande table.

Ma mère ne connaissait de la vie que la soumission, la piété, les enfants à naître et à éduquer et ce coup du sort l'atteignit de plein fouet. En revanche, là où bien des gens se seraient laissé abattre, elle étonna son entourage de la façon dont elle reprit d'une main de fer les rênes de l'exploitation.

Avec les années et au vu des épreuves qu'elle a traversées, je me demande encore comment cette petite femme a conservé envers et contre tout sa nature confiante et sa légèreté. « Y a des gens moins bien lotis que nous », se plaisait-elle à répéter pour relativiser nos malheurs. Bien après son départ de ce monde, cette façon d'appréhender l'existence reste pour moi une leçon de vie.

1943 fut donc endeuillée par la mort de mon père. Quant à l'année 1944, elle a laissé à l'enfant que j'étais des souvenirs de débâcle et de réquisitions. Freinant l'avancée de Montgomery, les colonnes armées de la Wehrmacht et les unités d'arrière-garde de la SS couvraient le repli des troupes vers l'Allemagne. Les convois étaient motorisés pour la plupart et ne faisaient que passer. Laissés pour compte par la machine nazie, des isolés ou des petits groupes de combattants se retiraient misérablement avec les moyens du bord. C'est ainsi que j'ai vu un fuyard montant un vélo sans selle, une moto tractant un tilbury modifié, une voiture désossée attelée à une mule. Tout faisait farine au moulin des vaincus pourvu qu'ils puissent rentrer chez eux.

Comme la ferme était visible de la chaussée de Bruxelles, ma mère, par mesure de prudence, fit mener la plupart de nos chevaux dans une petite prairie sise au cœur d'un bosquet à l'arrière de l'exploitation. La cachette était sûre et, avec la précipitation de la retraite, l'arrivée imminente des troupes alliées, il y avait peu de risque que les bêtes ne tombent entre des mains indésirables.

Au matin du 30 août, débarqua dans notre ferme un convoi hybride et poussiéreux composé d'une bonne centaine de soldats allemands. À pied pour la plupart, entassés sur des chariots pour les plus mal en point, ces hommes qui comptaient dans leurs rangs de nombreux invalides étaient exténués. À la tête de ce détachement composite, un officier du génie qui montait, de façon martiale, un lipizzan. Cheveux gris coupés court, visage en lame, regard en creux, ce personnage stylé ordonna que l'on sorte des bâtiments chevaux et chariots. Découvrant les écuries désertées, le chef d'unité dégaina son revolver et mit René en joue.

— Je veux savoir où vous dissimulez vos chevaux, scanda-t-il dans un français courroucé.

Le brave ouvrier tenta bien de ficeler un mensonge pour sauver ses bêtes mais le déclic de l'arme eut raison de son courage. La cache éventée, les chevaux furent remontés de la clairière tandis que ma mère tentait en désespoir de cause d'apitoyer l'officier qui lui répétait comme une leçon apprise :

— J'ai reçu l'ordre de reconduire ces pauvres diables en leurs foyers, je ferai tout ce qui est en mon pouvoir pour m'acquitter de cette mission.

Sur le temps de midi, nous avons vidé sans appétit notre assiette de potage en regardant en biais par la fenêtre de la salle à manger les Allemands qui attelaient de façon dépareillée nos chevaux. Ma mère, ce jour-là, se plaça à l'autre bout de la table pour leur tourner le dos. Mutien trépignait. Il se leva d'indignation quand il vit notre Mazette, qui était à quelques jours de pouliner, au timon du tombereau.

— Reste où tu es ! a ordonné ma mère.

Nos yeux se sont emplis de larmes quand Gaillard de Graux, le cheval vingt fois primé de mon père, a traversé le porche en tractant puissamment un chariot-plateau où s'entassait une quinzaine de soldats. La fin d'un monde.

Gaillard était le fleuron de notre ferme, l'orgueil de notre famille. Pas une année entre 1930 et le début de la guerre où il ne fut couvert de médailles. Pas un concours où il ne se distingua. Alezan doré, ce fier brabançon d'une taille et d'une beauté exceptionnelles était l'enfant chéri du pays. Choyé comme personne, ce cheval de trait fut la mascotte des photographes et même des meilleurs artistes animaliers de l'époque. Payé à prix d'or par mon père quand il n'était encore qu'un poulain prometteur, le légendaire brabançon rendit en saillies à son propriétaire trois à quatre fois sa mise. C'est bien simple, la réputation de Gaillard était telle en 1939 qu'il s'était trouvé un maquignon fortuné prêt à donner pour ce phénomène un prix équivalant à ce qu'il aurait fallu débourser à l'époque pour la totalité des bâtiments de la ferme. C'est tout dire.

Mon père refusa cette alléchante proposition bien qu'il eût en ce temps-là d'importants besoins d'argent.

— Vendre Gaillard ? Plutôt vendre mon âme ! lança-t-il à son acheteur.

La cour se vide et ma mère ne se retourne pas. Après le dîner, elle croise les doigts et prie tandis que nous quittons en douce la longue table. Elle ne bougera plus avant que le dernier Allemand n'ait quitté la cour. Je gage que ses pensées la reliaient à son époux qui n'avait pas à endurer cette réquisition infamante. Éleveur passionné, aurait-il seulement survécu à l'enlèvement de ses chers chevaux ?

4

Enfant, j'ai été très marqué par ce jour de triste mémoire où nos chevaux furent emportés par les Allemands. C'était, en effet, la première fois que je voyais les visages de nos ennemis. Des visages humains où se lisaient la fatigue, la privation, la peur.

Mis à part un effrayant personnage contraint dans une camisole de force et une poignée de feldgendarmes qui, sur la défensive, pouvaient encore éveiller la crainte, la majorité des hommes de ce convoi avec leurs mines sombres, leurs barbes négligées, leurs traits tirés faisaient peine à voir. La roue avait tourné et, en cette période de repli, l'heure était aux règlements de compte et aux coups fourrés.

Du haut de mes huit ans, je jouais les impavides devant tous ces gens, allant de ma mère à Mutien pour afficher de façon ostentatoire ma désapprobation. Quel risque encourais-je ? Les miens étaient là et j'avais mon frère aimé pour me couvrir. Je perdis de ma contenance quand l'officier du génie fit remonter les chevaux de la clairière et que mes protecteurs me laissèrent en plan pour parlementer avec l'ennemi.

— Tu rejoins tes sœurs devant la maison ! me commanda maman.

Cet ordre n'était pas pour me plaire et je n'y souscrivis qu'à moitié en m'asseyant sur une des bornes bombées qui faisait le coin de la grange.

C'est alors qu'un regard se posa sur moi, celui d'un vieil homme à la tignasse blanche et dont les yeux d'un bleu très clair me souriaient. Je détournai la tête pour ne pas avoir à répondre à sa sollicitation quand il vint dans ma direction d'un pas lent pour me présenter la réplique minutieuse d'une traction avant qu'il avait taillée au couteau dans un morceau de bois et cirée par la suite.

— C'est pour toi ! me dit-il. Je t'en fais cadeau. (Devant mon hésitation, il insista gentiment :) Je te l'offre, prends-la !...

Et de me mettre l'objet dans les mains pour se retirer aussitôt. La scène venait tout juste de se produire lorsque surgit ma sœur Marguerite.

— Tu vas lui rendre ça tout de suite, dit-elle à voix étouffée, ou je le dis à maman !

Le vieil homme avait repris sa place parmi ses congénères et je ne savais comment procéder.

— T'as qu'à lui rendre toi-même ! répliquai-je.

— C'est pas à moi qu'il l'a donnée.

Pour me tirer de ce mauvais pas, une bonne fée me souffla la parade :

— Je vais jeter mon auto dans le ruisseau, comme ça personne n'en profitera jamais.

Après quoi, je suis monté dans ma chambre et, à plat ventre sur le plancher, j'ai examiné avec émerveillement la jolie voiture sous tous ses angles, je l'ai même fait rouler avant de la remiser en hâte sous le semainier quand me surprit la cloche du repas. Comme c'était à prévoir, Marguerite m'attendait en bas de l'escalier.

— J'ai tout raconté à maman ! me déclara-t elle pour me mettre à l'aise.

Je me jetai alors sur elle les poings en avant et sans l'intervention d'Elvire, notre cuisinière, je faisais passer à ma sœur le goût de raccuser.

Ce jour-là, la prière fut vibrante mais la soupe eut bien du mal à passer. Ne sachant où se poser, mes yeux allaient de ma mère à la fenêtre, de la fenêtre à Mutien, de Mutien à Marguerite. J'attendais impatiemment la fin du repas pour retrouver l'objet compromettant que le vieil Allemand m'avait remis. Je m'en ferais quitte plus tard.

En fin d'après-midi, le convoi reparti, je procédai au largage de ma voiture à l'endroit où le ruisseau s'enfonçait sous le chemin de terre qui délimitait notre propriété. Pour ajouter au cérémonial, je me souviens d'avoir abîmé à coups de pavé mon jouet avant de l'abandonner au courant. Je revins soulagé de cette expédition punitive contre l'ennemi. De retour à la maison, je n'avais qu'une hâte : conter mon exploit à ma mère.

Retirée dans l'ancien bureau paternel, elle faisait le point de la situation avec Jef et un gros homme en redingote noire que je ne connaissais pas. M'apercevant, elle m'invita à me rapprocher d'elle. Sans faire peser sur mes épaules le désastre qui avait frappé notre exploitation, elle m'accueillit avec sa douceur coutumière, m'entoura d'un bras et me glissa à l'oreille d'une voix tranquille :

— Tu peux garder la petite voiture parce qu'elle t'a été donnée de bon cœur.

Je restai déconfit face à cette permission que je n'escomptais pas recevoir et qui arrivait malheureusement trop tard. Je tentai bien de retrouver la traction en aval du ruisseau, mais sans succès.

Au repas du soir, les Allemands ayant quitté la place, mes grands frères purent se déchaîner verbalement contre ces sales boches, criminels, voleurs de chevaux et détrousseurs de veuves et d'orphelins. Mutien qui n'était pas sorti de son mutisme depuis le départ de la colonne prit soudainement la parole :

— Je vais les suivre. Je ne veux pas qu'ils le gardent. Je veux leur reprendre Gaillard et le ramener ici.

Et, à notre grande surprise, brisant sa propre légende d'enfant endurci et héroïque, il fondit en larmes d'un chagrin si déchirant que ma mère se leva pour étreindre et consoler son petit soldat à elle – dois-je dire, son préféré. Et mes frères ainsi que Solange et Marguerite et Louise de surenchérir en offrant chacune et chacun leur concours dans cette entreprise insensée. « On verra demain ! » fut la conclusion de ma mère à la fin de cette terrible journée.

En fait, pour elle, c'était déjà tout vu.

Le couperet était tombé.

5

J'étais compagnon de chambrée de Mutien au moment de l'enlèvement des chevaux. Avec nous et sous notre bonne garde, Paul qui allait sur ses trois ans, Paul que des crises d'asthme étouffaient par moments et que nous avions mission de surveiller. Ainsi en était-il dans les grandes familles où les plus grands veillaient sur les plus petits.

Or cette nuit qui suivit le passage des Allemands, Mutien se leva et se dirigea vers le placard où étaient rangés nos vêtements. Du lointain de mon sommeil, je l'interpellai :

— Tu fais quoi ?

— Je prépare mes affaires. Chut !

— Tu pars ?

— Oui ! Demain à l'aube !

— Je veux aller avec toi !

— Tu es trop petit ! Tu dois rester avec maman !

— Je suis déjà grand !

— Justement, tu dois la protéger et aussi t'occuper de Paul si je ne suis plus là !

— C'est avec toi que je veux aller, Mutien.

— Tu ne pourras pas me suivre ! Il y a beaucoup trop à marcher et puis, en cette saison, il peut faire mauvais et il n'y aura pas toujours une maison où dormir, ni de feu, ni quelque chose à manger.

— Je m'en fiche ! Je veux que tu me prennes avec toi. Je marche bien. D'ailleurs, quand il y a eu la procession, papa m'a dit que j'étais un vrai marcheur.

Mutien hésita. Était-ce notre complicité ou l'idée de partir seul qui le tarabustait ? Toujours est- il qu'au bout d'un moment il décréta :

— D'accord, je t'emmène avec moi ! Mais maintenant tu dois dormir pour être d'attaque demain.

J'ai eu peine à fermer l'œil cette nuit-là. Je trépignais de joie. Surexcité, je devançais l'aventure qui se préparait. J'imaginais d'imparables ruses pour tromper la vigilance de la douzaine d'Allemands qui occupaient le plateau tracté par Gaillard de Graux. J'anticipais notre retour triomphal. Le village qui nous accueille avec des vivats, la foule qui nous accompagne jusqu'à la ferme où maman, assistée d'un général en grand uniforme, nous attend au son des cuivres et des tambours avec des étoiles dans les yeux. « Mes enfants, votre père peut être fier de vous ! » Et Mutien d'y aller de sa voix rauque : « Sans Belo, l'ennemi n'aurait pas été vaincu par surprise et nous n'aurions pas gagné la guerre… » De belles médailles nous attendent sur des coussins rouges frangés d'or…

Mon frère me secoua. Il était l'heure de partir. Je balbutiai :

— Tu crois qu'on sera décoré ?

Mutien me somma de me taire. Ça commençait bien. Il s'occupa de mon bagage, veilla à ce que je sois bien couvert et surtout que j'emporte de bonnes chaussures. De mon côté, j'empochai quelques billes là où il s'arma de sa catapulte et rassembla son attirail de braconnier.

Nous descendîmes ensuite de notre chambre sur la pointe des pieds. L'escalier grinçait mais mon frère en connaissait les marches plaintives. Je l'ai suivi pas à pas et personne ne fut tiré de son sommeil. Une fois au rez-de-chaussée, nous sommes sortis par la porte de la buanderie. Elle donnait sur le jardin. La nuit me happa. Je fus saisi par sa fraîcheur, sa clarté, son immensité. Je talonnai Mutien jusqu'à la remise d'où il exhuma de sa cachette la bicyclette de feu notre grand-père, une lourde machine, munie de pneus de gomme, qui présentait l'avantage non négligeable de ne pas être sujette à crevaison mais dont l'inconvénient majeur était de meurtrir l'arrière-train. Coiffé d'un guidon aux allures de candélabre, notre coursier était doté à l'avant d'un vaste panier où nous avons enfoui bagages et couverture avant d'y ajouter des provisions prélevées dans le garde-manger familial.

Nos préparatifs se sont clos sur une incursion dans le colombier. Une idée de Mutien. Nous y dénichâmes Nestor et Marquis, nos pigeons respectifs, à la lueur d'une bougie.

— C'est plus sûr que la poste ! déclara mon frère en les glissant dans une cagette en osier.

S'il avait fait plus clair, il aurait vu ma moue admirative.

Au moment du départ, Mutien déplia sur la table de la salle à manger une lettre adressée à notre mère.

Maman chérie,

Tu vas être étonnée quand tu seras debout de ne pas nous trouver, Belo et moi. C'est que nous sommes partis de la maison pour aller reprendre Gaillard aux boches. Ne sois pas triste ni fâchée et, surtout, n'aie pas peur. Papa aurait encouragé qu'on se laisse pas voler une fois de plus par les boches. Où il est, il sera content quand on ramènera son champion dans la ferme. On t'embrasse très fort.

Ton fils affectionné,

Mutien

P.S. : Nous avons pris Marquis et Nestor avec nous pour te prévenir quand on reviendra.

J'ai, bien sûr, apposé ma signature au bas de cette lettre que j'ai retrouvée dans les papiers de mon frère. Sous son écriture appliquée, presque calligraphiée, mes prénom et nom : ABEL FAUCONNET, écrits d'une main malhabile en majuscules surdimensionnées. Chaque lettre avait la taille enfantine de notre défi.

6

Le jour commençait à poindre tandis que nous filions comme deux malandrins sous les nez interrogatifs des chiens de garde à qui nous fîmes en passant de furtifs adieux. L'obscurité couvrait notre fugue de vallonnement en vallonnement. Le soleil se leva et nous pûmes voir en nous retournant le fier corps de ferme qui nous avait vus naître et qui, sévère, semblait nous suivre des yeux. Casquette enfoncée sur la tête, Mutien tenait par ses cornes de métal cette mécanique rétive qui n'avait de bonne volonté que sur terrain plat et d'allant que dans les descentes. Nanti du même couvre-chef que mon frère, je me fondais dans son effort en poussant tant que faire se pouvait la bicyclette par le porte-bagages rembourré à mon intention. Je ne tardai pas à étrenner ma place sur le vélo du grand-père dans une longue pente chaotique qui nous mena au village voisin. Chaque tour de roue nous éloignait de la maison et j'avais besoin de regarder sans arrêt derrière moi. Bientôt, je n'aperçus plus notre domaine et mon cœur se lesta. Après, c'est la butte du lion que je ne vis plus. Pas question de faire part à Mutien de mes états d'âme ! Au bout d'une heure, il l'aurait eu mauvaise. Plus tard dans la matinée, le voyant hésiter à un enfourchement, je risquai timidement :

— Tu sais où on va ?

— Qu'est-ce que tu crois ? J'ai mes cartes, une boussole et, si on se perd malgré ça, j'ai encore ma langue !

— Et pourquoi tu n'as pas pris la grand-route ?

— Pour qu'on tombe sur les verts-de-gris ? Non merci ! Si on maintient la cadence, on aura franchi la Meuse ce soir, ajouta-t-il.

Sa détermination dissipa mes craintes. Avec un compagnon de cette trempe, j'étais entre de bonnes mains.

Autour de midi, des déflagrations dans le lointain et des tirs d'armes automatiques me coûtèrent ma première frousse. Côté Mutien, ce grabuge excita sa curiosité. Il posa le vélo et suivit l'affrontement du haut d'un arbre. Cloué sur place, je vis juste une colonne de fumée noire qui montait à l'horizon. Quand mon frère descendit, il triomphait. J'ai dû me forcer pour suivre le récit épique et à peine exagéré de l'échauffourée : deux Panzers mis hors d'usage par des résistants en salopettes blanches. J'aurais bien crié victoire mais ça ne passait pas. J'avais trop peur.

Sur la route, les vociférations d'Allemands en panne avec leur véhicule nous valurent un détour et, à moi, une nouvelle frayeur. À la différence de Mutien, chaque danger m'invitait à rebrousser chemin.

Après l'écriture de ces lignes, je suis allé rechercher ce qui restait des fameuses cartes emportées par Mutien. En lambeaux, je les ai recomposées par bribes et morceaux sur la table de la salle à manger. Au nombre de deux, elles étaient glissées avec quelques vues de villes allemandes dans une enveloppe cartonnée. Si mes souvenirs sont exacts, elles provenaient de l'auto de mon père, une Imperia qui rendit l'âme au retour de l'évacuation et qu'on remisa dans une dépendance de la ferme, faute de prendre un moment pour la conduire à mitraille. Évidemment, la vétusté du support conjuguée aux méfaits des intempéries et à l'usure du papier rendait toute lecture de ces documents laborieuse.

Face à ce désastre et, sans doute aussi, par déformation monastique, je me suis mis en tête de recoller sur une carte récente dessinée à la même échelle les fragments que Mutien avait conservés. Ce travail me permit de compléter les parties endommagées, de situer les axes routiers construits après guerre mais surtout de retrouver, marqués au crayon rouge, la majeure partie des lieux traversés et des chemins empruntés lors de notre fugue. Fort de cette reconstitution, je ne pouvais que m'incliner devant ce guide hors pair qu'était mon frère.

À la réflexion, il est vrai que Mutien a toujours eu la géographie dans le sang. Au collège, il mettait à cran ses professeurs en passant les heures studieuses où ses condisciples s'acquittaient consciencieusement de leurs devoirs à rêver voyages sur les planches de son atlas. Pas étonnant cette vocation de marin qui s'est greffée sur cette passion d'explorer avec latte et compas les chemins du monde !

Je ne sais pas pourquoi mais ce soir j'éprouve une nouvelle fois ce sentiment que Mutien n'a pas coulé corps et biens mais qu'à force de sillonner les mers il s'est découvert, quelque part sur cette planète, le havre dont il rêvait, ce coin de paradis dont on soupçonne l'existence comme on peut avoir foi en l'œuvre idéale ou en la femme idéale. Ce lieu de tous les délices, de tous les apaisements existerait-il sur cette terre ? J'ai, en tout cas, la faiblesse d'y croire et la naïveté de m'imaginer que Mutien, au bout de ses pérégrinations, a trouvé son Graal.

7

Pour la première nuit loin de la maison, la chance prit les traits d'un curé imposant qui nous offrit l'hospitalité de sa cure et les bienfaits de sa table. Quelques questions sur nos agissements entre deux prises de tabac et la servante glissa son grain de sel :

— La colonne que vous poursuivez est passée en fin d'après-midi et ça m'a fait mal de voir un de nos fiers brabançons ramener ces cochons-là chez eux.

C'était de bon augure !

D'un avis plus circonstancié, le curé sermonna Mutien sur l'inconscience de notre entreprise et nous exhorta à rentrer chez nous avant que les troupes alliées ne livrent combat en Brabant wallon.

— Déjà que les Allemands sont excédés de se faire tirer dans le dos par la Résistance. Ils se replient en faisant payer à des innocents le prix fort pour chaque agression.

Les arguments du saint homme, étayés par des récits terrifiants d'otages abattus de sang-froid les derniers jours, avaient de quoi ébranler les plus braves mais pas

Mutien qui, malgré une apparente docilité, ne remit pas en cause notre projet.

À l'heure du départ le lendemain de bonne heure, nous reçûmes de la servante une panoplie de médailles comme viatique pour la route. Elles rejoignirent Notre-Dame de Lourdes et une petite croix que je portais déjà au cou. Protégés en sus par sainte Rita, saint Joseph et saint Antoine, j'étais paré pour affronter tous les dangers.

Il était passé deux heures quand nous aperçûmes nos Allemands. Serrant le côté droit de la chaussée pour ne pas entraver le mouvement des unités motorisées de la Wehrmacht et des troupes d'élite de la SS, le convoi se déplaçait sans forcer l'allure de ses chevaux. Nous nous sommes inscrits à l'arrière, bien en retrait. Nous avions beaucoup marché, mes pieds me faisaient mal et j'avais faim, mais je me devais de ne pas abandonner Gaillard à l'ennemi. La présence de taches de sang sur la chaussée aggrava mon état. Des résistants embusqués avaient tiré sur les soldats. J'aurais bien supplié mon frère d'arrêter là notre expédition. Rassemblant mon peu de courage, je remis mes pas dans ceux de Mutien qui avançait, la casquette enfoncée sur la tête, et j'ai récité mes prières. Au-delà de mes peurs, je ne voulais pas être moins brave que lui et il m'aurait coûté de le décevoir.

Les alliés à ses guêtres, la colonne ne s'accordait aucune pause. Un moment, une nuée d'avions est passée au-dessus de nos têtes. Ils partaient bombarder les villes allemandes et nous les encourageâmes en silence. Le vent tournait en notre faveur et l'on pouvait entendre qu'à la vitesse où avançaient les troupes de Montgomery l'ennemi serait bouté hors de nos frontières avant la mi-septembre.

À la traîne du convoi, nous n'étions pas seuls. Un fermier de Creil courait lui aussi après ses chevaux. Je l'entendais grommeler en roulant ses « r » :

— Ces charognards de fridolins nous auront dépouillés jusqu'au trognon !

L'officier du génie qui dirigeait ce corps de soldats démobilisés du haut de son pur-sang a fini par nous repérer. Quittant un instant ses hommes, il monta jusqu'à nous et lança à Mutien :

— Rentrez chez vous, votre maman va s'inquiéter.

Mais rien ne pouvait dissuader mon frère qui, après une courte pause, reprit sa marche au côté de son lourd vélo.

En fin d'après-midi, un incident perturba l'avancement de la colonne. Mazette, notre jument, qui était pleine jusqu'aux yeux, ralentit le train et s'immobilisa pour perdre ses eaux tandis qu'un soldat en furie sautait du tombereau et la rouait de coups de crosse afin qu'elle poursuive sa route. Aussitôt, le vélo roula dans le fossé et Mutien partit en courant au secours de la pauvre bête. Mû par sa seule indignation, il remonta le convoi dans l'insouciance de ce qui pouvait lui arriver. Une main le happa au passage mais il se dégagea d'une torsade et repartit aussitôt pour s'interposer entre l'animal battu et son persécuteur. Un soldat allemand d'une effrayante maigreur prêta main-forte à mon frère pour dételer la jument tandis que le vieil officier qui, la veille, me donnait la traction avant pesait de son autorité pour qu'on les laissât faire. Mutien, qui n'en était pas à son premier poulinement, introduisit ses mains dans le corps ensanglanté de Mazette et en tira avec son aidant un désordre de pattes, de peaux, de rougeoyances qui resta sans vie. Couchée sur le flanc en bord de route, la mère devait succomber d'une hémorragie interne tandis qu'indifférent l'arrière du convoi la contournait et poursuivait son chemin. Un chariot récupéra le tortionnaire et son bagage. L'officier en charge du détachement surgit à son tour escorté de ses feldgendarmes, descendit de cheval, sortit son revolver et d'un coup de feu abrégea les souffrances de notre bonne Mazette.

— La guerre est une chose affreuse, déplora la tête blanche dans le dos de mon frère.

Revenant vers moi en ravalant ses larmes, Mutien se serait bien passé de ce poncif.

Le cœur lourd, nous reprîmes notre place à l'arrière du convoi ; le fermier de Creil ne nous lâchait plus. Déversant de façon ininterrompue l'avalanche rocailleuse de ses doléances et de ses récriminations, il nous assommait.

Le jour tombait quand nous croisâmes un cours d'eau placide caressant ses galets. Mon frère posa notre bicyclette contre le parapet du pont et descendit jusqu'à la rivière pour se laver. J'en profitai pour lui avouer ma honte d'avoir mouillé mes culottes tellement j'avais eu peur. Chassant d'un coup de tête sa mèche, Mutien parcourut le paysage de ses yeux noirs.

— Je m'en vais cacher le vélo puis on se baigne, décida-t-il. On campe ici cette nuit.

Un peu plus tard, je me réchauffais sous notre couverture tandis que mon frère se faisait lavandière de mes effets.

Étrangeté du temps. Malgré les années, je n'ai rien perdu de cette soirée, ni mes habits qui séchaient devant un feu nourri, ni le ramage insouciant de nos pigeons, ni la saveur de la truite cueillie par Mutien dans une dérivation de la rivière, ni le ciel étoilé détouré par l'arche du pont. Bien qu'endolori de partout, j'ai aimé ce moment de proximité avec le grand frère sous cette chaude pièce de laine qui venait du lit parental. J'ai aimé aussi la fraîcheur de l'air, le silence jetant son coup de balai sur toutes les détresses du monde, sur notre peine du jour d'avoir vu mourir Mazette et son poulain.

Placés sous la caresse fugitive du bonheur, ces moments sont toujours présents.

8

Quand on interroge aujourd'hui les gens qui ont vécu la guerre de l'intérieur, ils s'accordent à dire que ces cinq années de violences et de privations les ont davantage nourris en souvenirs que tout le restant de leur vie. Ces témoignages plaident en faveur de la subjectivité du temps et me font dire que le quotidien est un papier huilé sur lequel l'encre de la mémoire n'adhère pas.

En ce qui me concerne, je peux constater qu'avec la réunion de quelques éléments – une carte géographique, une photo, un courrier – cette période de mon enfance me revient heure par heure, jour après jour comme si elle s'était imprimée en moi de façon indélébile. Les visages d'alors me réapparaissent avec autant de netteté que si je les avais croisés hier ou avant-hier. Ainsi de cet officier élégant, merveilleux cavalier, qui s'acquittait de sa mission avec une conscience irréprochable ou encore du vieil Allemand à la tête blanchie et aux yeux souriants, qui sculptait dans son coin des figurines en bois tendre. Cela dit, l'œil d'antan n'est pas celui d'aujourd'hui et je serais sans doute très surpris si j'avais à confronter mon souvenir à un cliché réalisé à la même époque.

En fait, pour être honnête, j'ai retourné en tous sens les photos conservées par Mutien. Je n'ai pas fait de grande découverte mais, par contre, mes recherches m'ont permis de mettre la main sur une carte de vœux postée à Honhardt en décembre 1948 et sur laquelle Gunther Sütterlin, l'homme de la traction avant, souhaitait la bonne année à Mutien et demandait par la même occasion des nouvelles de Belo dont le « charme bougon » lui manquait.

Qu'est-ce qu'il m'en a coûté, enfant, de faire barrage à la tendresse débonnaire et sans calcul de cet ennemi de ma patrie, à cette heure de ma vie, où mon père me faisait cruellement défaut.

Après cette nuit inoubliée sous l'arche du pont, nous pressâmes l'allure pour rattraper la colonne. Dans les villages que nous traversions, les gens se tenaient sur le pas de leur porte à parler des avancées de Montgomery et de Bradley. La liesse était générale car la radio annonçait la libération de Bruxelles et d'Anvers pour la fin de la semaine.

En chemin, une unité motorisée de la Wehrmacht vint sur nous et nous eûmes juste le temps de nous replier dans un taillis. Des groupes de side-cars circulaient dans les deux sens. Ils veillaient au retrait des troupes et à la reconstitution des fronts. À la tentation de nous jeter dans le fossé à chaque rugissement de moteur succéda une attitude de léger retrait puis, finalement, d'indifférence feinte : les motards allemands ayant des priorités plus cruciales que de s'embarrasser de gamins en ribote. Des bombardiers passèrent une nouvelle fois au-dessus de nos têtes et nous hurlâmes nos encouragements.

Nous avons retrouvé la colonne aux alentours de Neufchâteau. À l'arrière, quatre corps sans vie entassés sur un chariot. Le triste bilan d'une embuscade. Il a fallu que je pleure un peu. Nous suivîmes le convoi craintivement et à bonne distance jusqu'à Arlon où les Allemands décidèrent d'enterrer leurs morts avant de prendre leurs quartiers dans une école.

Alors que je pensais en être quitte pour une bonne nuit, Mutien, sur le qui-vive, me fit remarquer qu'une des prairies où étaient menés les chevaux ne jouxtait pas l'endroit du bivouac. En outre, elle était fermée par une haie et donnait sur un bosquet. Observant avec anxiété le dételage du brabançon, j'ai blêmi quand Gaillard fut conduit dans ladite pâture par le soldat famélique qui s'était porté au secours de Mazette. Je devinais les plans de mon frère et cela me terrifiait. Son verdict tomba sous la forme d'un sourire.

— C'est pour cette nuit ! me murmura-t-il.

Je n'arrivais plus à contrôler mes jambes qui flageolaient. J'avais une folle envie de me débiner mais je me tins coi. Je m'étais montré tellement bravache au début de l'aventure. Mutien m'entraîna avec lui dans un endroit isolé pour étudier la carte. Cela n'était pas tout de sortir Gaillard de sa prairie, il fallait choisir des chemins détournés pour le ramener chez nous. Il restait une heure avant la tombée de la nuit et, plutôt que de le laisser tranquille, je torpillai mon frère de questions :

— Et s'ils installent des sentinelles dans la pâture ? Et si on est rattrapé ? Et s'ils nous mettent en prison ? Et si on se perd ?

Après être resté sourd à mes inquiétudes, mon frère explosa :

— Tu la boucles, Belo. Tu ne vois pas que tu m'empêches de travailler.

Je demeurai interloqué un court moment, puis, boudeur, je m'assis sur un arbre renversé à quelques pas de lui. Désœuvré, je tuai le temps en balançant mes pieds dans le vide.

L'obscurité mit fin aux préparatifs de Mutien. Il paraissait soucieux.

— Y a quelque chose qui ne va pas ? demandai-je.

— Je n'ai pas assez de détails sur mes cartes, l'échelle est trop grande.

Je ne voyais pas ce qu'une échelle venait faire là-dedans mais j'en profitai pour proposer :

— Peut-être que c'est mieux demain…

— T'es fou ! s'emporta-t-il. On sera beaucoup plus loin !

— Mais qu'est-ce qu'on va faire, alors ?

— On fait ce que j'ai décidé !

— Et si on ne retrouve pas la maison ?

— J'ai ma boussole et je suivrai le nord-ouest !

— Et si on croise des sangliers… ?

Après nos palabres, nous nous enquîmes d'un endroit où cacher le vélo de grand-père. La lourde bécane trouva son aire de repos dans le cimetière du village à l'arrière d'un petit mausolée qu'une grande famille avait érigé pour ses morts. Chargés de notre bagage, de la cagette à pigeons et de notre couverture, nous contournâmes la prairie par le bosquet jusqu'à une barrière qui, inexplicablement, était renversée. Il soufflait un petit vent venant de l'école qui amenait à nos oreilles les bribes d'un récital de piano. Mutien déposa son bagage et me commanda de rester là et de l'attendre. De longues minutes passèrent. Ne le voyant pas revenir, je me mis en boule et, mon baluchon serré contre moi, je fermai les yeux pour me concentrer sur les envolées de notes. Mélodiques, elles atténuaient ma frayeur, me rassuraient. Au bout d'un moment, je me suis pris à sangloter en imaginant qu'il était arrivé malheur à mon frère et que j'étais désormais seul au monde. C'est alors que je perçus le martèlement placide des sabots de Gaillard en même temps que je distinguai sa masse énorme qui venait sur moi :

— Ça a duré longtemps ! fis-je en reniflant.

Je n'obtins pas de réponse.

— J'ai rampé jusqu'à l'école, reprit-il, une fois dans le bosquet. Ils étaient tous là dans une grande salle. J'aurais eu une bombe que je les tuais tous.

— Et c'était qui qui jouait du piano ?

— Un gros boche, tout vilain, avec pas beaucoup de cheveux et des petites lunettes rondes.

Et de prendre à pleines mains l'énorme tête du brabançon pour lui coller visage contre chanfrein et lui dire tendrement :

— On te ramène chez nous, mon tout beau !

Une fois hors de danger, nous avons ri de bon cœur de ce coup pendable. On n'était pas peu fier !

Notre fuite avec Gaillard partit d'un mauvais pied par une recherche éperdue et vaine de la boussole. Logée dans une poche du pantalon de Mutien, elle avait dû en glisser au passage d'une clôture ou suite à ses reptations dans les parages de l'école. Nous nous enfonçâmes dans la nuit en nous repérant sur une étoile polaire aux prises avec un ciel nuageux. Au bout de deux heures d'avancée hasardeuse et timorée à travers bois, la chance nous sourit avec l'apparition d'une ligne de chemin de fer. On fit halte et mon frère déploya sa carte que je fus chargé d'éclairer à l'aide d'une bougie. Je n'en pouvais plus. Le bras me tombait et Mutien préféra se passer de mes services. Nous repartîmes le long de la voie, juchés sur le dos de Gaillard. Maintenu par mon frère, je sombrai dans le sommeil et c'est d'une autre planète que j'entendis le fracas des trains de nuit. Réveillé à chaque passage d'une gare, je me rendormais aussitôt après.

Le jour commençait à poindre quand Mutien me fit descendre de cheval pour m'installer dans du foin. Après avoir attaché Gaillard à l'abri des regards, il vint me rejoindre sous la couverture. Exténué lui aussi, il s'endormit comme une masse.

9

À peine étions-nous réveillés le lendemain matin que passèrent à proximité du hangar qui nous abritait deux camions de la Wehrmacht escortés d'une douzaine de motards. Retenant notre souffle, nous les écoutâmes s'éloigner. Visiblement en difficulté avec leur side-car, deux Allemands firent un arrêt à quelques pas de nous. Nous fûmes soulagés quand ils redémarrèrent, leur problème réglé. Nous eûmes à peine le temps de crier victoire que le détachement au grand complet nous tombait dessus. Terrorisé, je me collai contre Mutien tandis qu'un officier au long manteau de cuir noir s'immobilisait devant nous et assenait à mon frère un coup d'une violence telle que le malheureux boula sur plusieurs mètres avant de se relever le nez en sang. Déchaîné, l'homme nous agonissait d'injures, hurlait des ordres à son monde. Autour de nous, une frénésie de motos démarrant en trombe, de messages envoyés au départ d'un téléphone mobile, un camion déchargé pour y fourrer Gaillard. Au moment le plus fort de la débâcle allemande, nos facéties coûtèrent à l'ennemi une demi-heure de temps précieux.

La colonne repartie, nous restâmes un long moment incrédules d'être encore en vie. Rassemblant nos bagages, Mutien me tournait le dos pour ne pas montrer son dépit.

— On va chercher le vélo puis on rentre ! me dit-il.

Je demeurai sans réaction. Nous avons repris la voie de chemin de fer à contresens. Un train de marchandises passa près de nous à faible vitesse et nous pûmes grimper sur un des plateaux qu'il tractait. Avec nous, deux vagabonds en fuite – peut-être des collaborateurs à la recherche de cieux plus cléments.

Nous descendîmes en gare d'Arlon. Une heure plus tard, nous récupérions notre bicyclette dans le cimetière. La journée était belle et Mutien avait retrouvé son allant. Sans rien me demander, il repartit sur les traces de Gaillard. J'émis quelques réticences qui restèrent sans écho puis je l'ai suivi docilement. C'est en soirée que je revins à la charge :

— Est-ce qu'on va seulement le revoir ? Tu crois qu'ils vont nous le rendre quand ils seront arrivés chez eux ? Et si les Allemands le gardent ? Et s'ils le tuent pour le manger ?

Et mon frère de soupirer lourdement faute de pouvoir me rassurer sur la bonne issue de notre entreprise. L'échec de notre opération nocturne l'avait fragilisé.

En route de bonne heure le lendemain, nous avons croisé des ouvriers qui comblaient des trous d'obus sur la chaussée sous l'œil passif d'un responsable de travaux. Volubile, ce dernier nous annonça, comme s'il en était le héros, la libération de Bruxelles. Il nous apprit aussi le passage d'un convoi de miséreux deux heures plus tôt. Il avait vu Gaillard et se désolait qu'un tel champion servît la mauvaise cause. Enfin, il nous rappela que l'on était dimanche, jour du Seigneur, et que les basses besognes auxquelles il était soumis ne l'avaient pas empêché de faire ses dévotions. Je me sentis mal tout à coup et regardai Mutien avec épouvante.

— On doit aller à la messe ! dis-je d'une voix blanche alors que nous nous remettions en route.

— C'est pas le moment ! trancha-t-il. Et puis, pendant la guerre, ce n'est pas la même chose.

— Je ne veux pas être en état de péché mortel !

— Tu iras à confesse quand cela se présentera.

— Et si on meurt, on ira tout droit en enfer !

— On n'est pas encore mort.

— Je ne veux pas aller en enfer ! pleurnichai-je. Je veux aller à la messe.

Je fus traité de « bigot », de « calotin », de « bondieusard » mais j'eus finalement Mutien à l'usure et nous assistâmes à un office dans un petit village du Luxembourg. Nous sortîmes de l'église la conscience vierge. Le pire pouvait nous arriver, les portes du paradis nous demeuraient ouvertes.

Nous avons retrouvé Gaillard et nos Allemands le même soir sur les hauts plateaux surplombant la Moselle. Coupables d'avoir entravé le retour des soldats en leur pays, nous nous sommes tenus en retrait de nos adversaires. Le jour déclinait quand le détachement prit ses quartiers dans un entrepôt attenant à la rivière. Nous étions à bout de forces. J'avais des ampoules aux pieds et le porte-bagages, bien que rembourré, avait mis mon derrière en compote. Fait qui m'avait échappé au moment où nous avions rattrapé notre convoi de misère : le fermier de Creil n'était plus là alors que ses boulonnais, fidèles à leurs postes, faisaient la paire pour tirer leur charroi. Mutien dont l'imagination avait ses noirceurs me lança :

— Je te fiche mon billet qu'il a eu la même idée que nous et qu'ils lui ont tiré une balle dans la tête !

Après nos épreuves des derniers jours, et eu égard à la fin tragique de mon père, je n'ai pas encaissé le choc. Submergé brusquement par une profonde détresse, je me laissai choir par terre tandis que, indifférent à qui pouvait m'entendre, je m'égosillais d'un chagrin pathétique d'enfant perdu.

— Je ne veux pas mourir ! hurlai-je, assis au beau milieu de la chaussée. Je veux rentrer à la maison ! Je veux Maman ! Et puis, demain c'est école et, à cause de toi, je n'ai pas mes cahiers et j'aurai des mauvais points et je vais redoubler ma troisième primaire…

D'une voix contrainte, Mutien me traita de mauviette, de lâche, de traître à la patrie. Nous étions pitoyables.

Le soir tombait sur notre altercation, quand une ombre placide s'avança vers nous. À sa tête blanche, nous reconnûmes le vieil Allemand sculpteur de figurines. L'homme s'assit près de moi sur une borne et posa devant lui un sac de toile dont il sortit du pain, une gourde, une conserve en fer-blanc, tout ce dont un estomac vide pouvait rêver. Contrairement à moi qui restai cloué sur place, Mutien prit ses distances comme s'il avait affaire à un pestiféré.

— Moi c'est Gunther. Et toi, comment tu t'appelles ? me lança-t-il en sortant son couteau de sa poche.

Guerre oblige, je demeurai muet.

— Vous allez nous suivre jusqu'où ? questionna-t-il en me tendant une tranche de pain sur lequel il avait tartiné généreusement du pâté de sa boîte.

— N'y touche pas ! commanda Mutien.

Je retins mon geste.

— Comme vous voudrez. Je ne vous souhaite que du bien, répliqua Gunther en portant l'appétissante tartine à sa bouche.

On dit que ventre affamé n'a pas d'oreilles. Le mien, cette fois-là, avait des cordes vocales :

— J'ai faim ! fis-je d'une toute petite voix.

Comme Ésaü qui perdit son droit d'aînesse pour un plat de lentilles, je pactisai avec l'ennemi pour une tranche de pain au pâté.

Dans son coin, Mutien était révolté.

— Belo, touche pas à ça ! Tu te rends compte de ce que tu fais ?

— J'ai faim ! répétai-je piteusement.

— Ton petit frère a faim et toi aussi. Prends un bout de pain, un peu de viande. La guerre est finie. Tu le vois bien ! Nous rentrons chez nous en Allemagne…

— … Avec nos chevaux ! coupa Mutien. Vous vous fichez bien de savoir comment on va rentrer les pailles, comment on va faire pour préparer les terres, déjà que papa a été tué par des… comme vous.

Je pris deux bonnes bouchées de cette tartine qui m'avait été présentée. J'hésitai pour la troisième à cause du silence qui suivit la sortie de mon frère.

— Pardon pour mon peuple, formula Gunther tout en rassemblant ses victuailles.

— Mais ce n'est pas une réponse ! explosa Mutien.

— Qui a dit que c'était une réponse ? C'est une prière.

Il se leva avec lenteur et rectifia d'un ton mortifié, presque inaudible.

— Pitié pour le mal !

Du haut de mes huit ans, je n'ai pas saisi la nuance.

10

J'ai exhumé plusieurs lettres de Gunther à Mutien, envoyées après la guerre, et je me suis arrêté sur l'une d'entre elles qui avait trait à notre première rencontre. Elle est datée du 28 octobre 1951.

Mon cher Mutien,

J'ai enseigné votre belle langue française à l'université d'Heidelberg pendant trente-deux années. J'ai eu des échanges avec des milliers d'étudiants, j'ai animé des débats sur des thèmes fondamentaux mais je puis t'affirmer que personne avant toi ne m'a déstabilisé comme tu l'as fait ce soir où, vous voyant à bout, ton frère et toi, je vous ai rejoints pour vous proposer un peu de nourriture. Quel âge avais-tu alors, treize ans, quatorze ans ? Je n'ai pas oublié la manière expéditive dont tu m'as cloué le bec. Une gifle comme j'en ai rarement reçu dans mon existence. Tu as raison, Mutien. Il n'y a pas de réponse dans le pardon mais quel recours subsiste-t-il quand le Mal est à ce point irréversible et monstrueux ?

Je me souviens, ce même soir, au moment où tu me poussais dos au mur face aux contradictions de ma vie, de m'être retrouvé dans la peau de Otto, mon fils aîné, qui, à ton âge, rendit aveugle une petite voisine en jouant avec un arc à flèches. Tu me diras, à raison, qu'il s'agissait là d'un malheur accidentel et que la guerre est œuvre d'hommes en mal de domination. Je crois néanmoins que dans un cas comme dans l'autre, à moins d'être cynique et de faire table rase de la faute en l'éradiquant par la négation ou la fuite, on a besoin du pardon de la personne lésée pour nous réconcilier avec nous-même et réinvestir notre vie.

Ce que je t'écris ici peut te paraître moralisateur mais, pour moi, cette réflexion résulte d'une douleur que j'éprouve au quotidien et que partage la grande majorité des ressortissants de mon pays, un peu comme si cette plaie dont nous étions les responsables était devenue la nôtre.

Ainsi, lorsque je me retrouve avec d'anciens compagnons d'armes, nous parlons d'événements marquants sur les plans militaire ou personnel, nous faisons état d'actes de bravoure mais nous n'évoquons jamais la question du mauvais fondement de notre cause ou, plus fondamentalement, de notre remords. Cela dit, nous avons tous notre réserve d'arguments pour le cas échéant où quelqu'un aborderait le sujet : l'humiliation du traité de Versailles, les succès fracassants et inespérés du parti national socialiste qui nous a séduits puis abusés, la peur du bolchevisme.

Combien de temps faudra-t-il pour purger les mémoires des atrocités d'une guerre comme celle que nous venons de vivre ? Trois, quatre, cinq générations ? Avec quels yeux tes enfants regarderont-ils les enfants de mes enfants ? Et vice versa ? La rancœur a la dent dure et si un pas est à faire, il ne peut venir que de votre côté, pas du nôtre. La pitié est un privilège de vainqueurs…

De retour sur les bords de la Moselle au côté de Mutien, je ne savais plus que faire avec cette tartine grasse dont j'avais avalé trois bouchées.

— Il me l'a proposée de bon cœur, lui dis-je en me rappelant les paroles de ma mère à propos de la petite voiture.

— Tu as choisi ton camp, je ne te parle plus ! Pour moi, tu n'es plus mon frère ! Tu es un étranger !

Mes traits se sont contractés. J'ai tenu bon jusqu'à ce qu'on se retrouve dos à dos sous la grande couverture. Dès que Mutien s'est endormi, j'ai épanché à chaudes larmes un chagrin bienfaisant. Dans ma tête d'enfant imaginatif, je m'étais banni de ma famille et j'allais mourir apatride, vagabond, abandonné de tous.

Le matin du 4 septembre, nous vîmes de loin le convoi qui traversait la rivière sur des barges de passeurs. Pas question pour nous de nous rendre sur l'autre rive par la même voie, le poste étant sous le contrôle des Allemands.

Il en fallait davantage pour arrêter Mutien et nous longeâmes la berge dans l'espoir qu'un moyen de franchir la Moselle s'offrirait à nous. La journée était ensoleillée et la nuit avait dissipé notre différend. Là où j'appréhendais les plans terribles de mon frère, je me surpris à aller de l'avant et à lui proposer mes solutions folles. Un moment, nous avons camouflé notre vélo pour aller marauder quelques pommes et j'ai glissé ma main dans la sienne. Loin de se dérober, il l'a saisie avec fermeté et chaleur.

Nos recherches nous menèrent à une barque à fond

plat qu'un pêcheur avait cachée dans les fourrés. Une fois celle-ci mise à quai et après y avoir chargé nos affaires, nous nous sommes abandonnés à la rivière. En piteux état, l'embarcation prenait l'eau de partout. Je me vois encore en train d'écoper frénétiquement cette passoire avec ma casquette tandis que Mutien ramait comme un forcené à l'aide d'une longue planche arrachée à une clôture. Étrangement, cette situation scabreuse, loin de nous plonger dans l'effroi, nous tira de beaux et francs rires de garnements terribles. Nous étions à tordre quand nous accostâmes sur l'autre rive. Notre couverture était trempée, nos pigeons indignés. Plus grave, les cartes de Mutien étaient mouillées elles aussi. Il fallut sécher nos affaires et cette opération nous prit le restant de la journée.

La nuit venue, mon frère décréta qu'en terre ennemie tous les coups étaient permis. C'est ainsi qu'il préleva sur les dommages de guerre des patates, des graines, du cidre et un chapon d'une ferme voisine. Après ce noble fait de brigandage, nous nous sommes préparé, ce soir-là, un festin de roi.

11

Le surlendemain, nous venions à peine de rattraper le convoi que l'officier du génie lança son cheval au galop dans notre direction. Il était dans une rage bleue.

— Je vous ordonne de rentrer chez vous immédiatement ! On n'est pas sur un terrain de jeu ! Nous sommes en guerre et la guerre n'est pas une affaire de gamins !

Mutien ne se démonta pas.

— Vous nous rendez Gaillard et on vous laisse tranquilles.

— Tu mériterais que je te casse les reins, sale petit morveux ! hurla-t-il en descendant de sa monture, armé de sa cravache.

J'ignore encore comment j'ai eu cette audace mais je me suis interposé entre l'officier et mon frère. Avec le même aplomb que ce dernier, j'ai répliqué :

— Parce qu'on ne partira pas sans Gaillard ! C'est notre étalon, l'étalon de papa !

— Ta place n'est pas ici, lança l'officier allemand, les yeux fixés sur Mutien, mais près de ta mère. Fichez-moi le camp et vite ! (Et d'ajouter en me désignant du regard :) Tu serais moins fier s'il lui arrivait malheur !

J'aperçus au loin Gunther qui montait vers nous en pressant le pas alors qu'il était question de nous remettre à la Gestapo. Le vieil homme arriva essoufflé et prit à partie son supérieur en langue allemande. Pas moyen de comprendre ce qu'ils se disaient. Toutefois, à observer l'exaspération du gradé que contrebalançait un discours posé de notre protecteur, on devinait que Gunther tentait de calmer le jeu, d'intercéder pour nous.

Des claquements de botte mirent fin à la discussion. L'officier empoigna ses rênes, grimpa sur son pur-sang et partit au trot rejoindre ses hommes. Mutien tenait son vélo et couvait Gunther d'un œil sombre en attendant qu'il s'en aille. Prenant ce nouveau rejet avec le sourire, l'Allemand se détourna en déclarant :

— Tu es une tête dure mais tu me plais !

La réponse fusa immédiatement :

— Alors, il faut nous aider !

L'homme revint sur ses pas et lança à l'adresse de mon frère :

— Je ferai tout ce qui est en mon pouvoir pour que ce cheval vous soit rendu après le retour de mes compagnons. Je serais heureux d'en faire davantage mais ma situation est critique.

— Qu'est-ce que ça veut dire « critique » ?

— Cela signifie simplement que j'ai quelques problèmes avec les autorités de mon pays.

— Je ne comprends rien à ce que vous me racontez !

Gunther hésita à poursuivre puis lâcha dans un soupir :

— En termes clairs, j'ai contrevenu aux ordres de

mon Führer, j'ai perdu mes fonctions et je dois être jugé pour insubordination.

Ce mot barbare me glaça le sang et je ne pus m'empêcher de lui demander d'une toute petite voix :

— On va vous tuer alors ?

Mutien haussa les épaules et, poussant devant lui sa bicyclette, se remit à marcher vers le convoi. Campé sur ses jambes, les poings sur ses hanches, Gunther éleva la voix :

— Est-ce qu'on peut discuter un moment ?

— Il n'y a pas à discuter. On veut Gaillard maintenant ! C'est tout !

— Cela dépend de Flügel et il est au moins aussi têtu que toi. Entre-toi cela dans la caboche.

— Et si je vous trouve un autre attelage ? suggéra Mutien.

— Et tu l'achèteras avec quel argent ?

— Je le volerai ! Vous avez bien volé nos chevaux !

— C'est logique mais cela ne fonctionne pas comme ça. Nous avons nos lois.

— Alors vous lui donnez l'argent, dis-je, et Mutien s'occupe de tout. Il est capable de bien choisir. Notre père lui a bien appris.

Gunther s'amusa de ma saillie mais sa mine laissait paraître son impuissance.

— Au fond, vous pourriez tout aussi bien marcher, proposai-je. Je marche bien, moi, alors que j'ai des ampoules aux pieds, mais je suis courageux.

Le vieux soldat partit d'un rire franc et mit fin à la discussion en disant :

— Je peux sentir que ton frère est homme à rester sur ses positions. En ce qui te concerne, je te réserve une petite place sur mon chariot. C'est quand tu veux !

Sur ce, il sortit de sa poche une merveilleuse figurine qui représentait Gaillard en plein effort. Il avait taillé le brabançon dans un morceau de poirier. La robe était colorée dans les tons brun-roux au départ de baies qu'il avait cueillies puis écrasées. La crinière et les paturons étaient restés de la couleur du bois. Cirée, la sculpture sentait bon.

Après le départ de Gunther, Mutien me mit en garde :

— Tu ne te méfies pas assez. L'armée nazie est infestée d'ogres qui tuent les enfants puis les mettent dans des grands fours pour les manger.

Mon joli cheval dans les mains, je ne savais plus que penser de Gunther et des ogres de l'armée allemande. Je n'avais lu nulle part dans les contes que les ogres pouvaient se montrer aussi gentils.

Pour répondre à ta question, mis à part Flügel, notre commandant, et les quatre feldgendarmes qui nous escortaient, il n'y avait plus grand monde dans notre convoi qui croyait encore au bien-fondé de notre cause, ni au caractère providentiel de son Führer. Composée de soldats physiquement et psychologiquement brisés que l'on rapatriait et d'esprits critiques dans mon style qui étaient tenus pour des grains de sable dans les rouages du régime, notre division était un chancre de l'armée. En ce qui me concerne, je fuyais comme peste la guerre à cette époque mettant toutes mes forces au service de l'homme qui rentrait chez lui vidé de sa substance, pour lequel tout était à reconstruire, son couple, ses relations familiales et professionnelles, sa santé, parfois aussi sa maison. Une façon quelque peu égoïste de combattre l'insupportable sentiment de culpabilité qui me rongeait de l'intérieur. À tort ou à raison, j'avais trahi.

12

Je me suis réveillé dans la nuit. J'étais seul sous la couverture. Terrorisé, j'appelai Mutien du bout des lèvres. Sans réponse, je m'enfouis sous la pièce de laine en me bouchant les oreilles et en émettant un son continu pour ne pas entendre les bruits autour de moi. Tout ce qui pouvait se produire est passé par ma tête durant ces heures de veille : mon frère avait été enlevé par des ogres et il mijotait dans un grand four en attendant d'être dévoré ou, encore, les hommes de la Gestapo l'avaient arrêté pour « insubordination » et il allait mourir en héros d'une balle en plein cœur. J'ai aussi pensé, et c'était le pire, qu'il m'avait abandonné parce qu'il était fâché contre moi à cause de Gunther et du cheval. Il faisait presque jour quand j'entendis quelqu'un qui marchait à proximité. Je fus effleuré par inadvertance et je sursautai.

— C'est moi ! dit Mutien.

Il était frigorifié. Lorsqu'il se glissa sous la couverture, je me mis à pleurer et à le frapper de rage avec mes poings.

— Pourquoi t'es parti ?

— Laisse-moi dormir.

— J'ai eu peur toute la nuit à cause de toi.

— On verra ça demain.

— Mais on est demain et je veux savoir.

— Je suis crevé et toi aussi tu seras fatigué si tu continues à m'embêter.

Je finis par me soumettre et m'assoupis sur mon chagrin.

Épuisés l'un comme l'autre, nous nous sommes réveillés très tard. Le convoi était reparti. Mutien se montra évasif sur son escapade nocturne. Je pus voir cependant qu'il dissimulait un sac sous nos baluchons dans le panier d'osier à l'avant du vélo. Je le sentais inquiet. Toujours à regarder derrière nous, il craignait de voir surgir un éventuel poursuivant.

— T'as volé des choses ?

— J'ai rien volé, j'ai juste repris !

— T'as repris quoi ?

— Ce que j'ai pu trouver et qui a de la valeur !

— De l'argent, alors ?

— Peut-être bien !

— T'es rentré dans les maisons ?

— Ça ne te regarde pas !

— Puisque c'est comme ça, je ne te parle plus !

— C'est ça, tais-toi !

— Parce que je ne parle pas à des gens malhonnêtes ! insistai-je.

— Parce que tu penses que je suis malhonnête ?

— Le bien d'autrui tu ne prendras…

— Fous-moi la paix avec le catéchisme !

Je me mis à scander :

— Mutien est un voleur, vo-leur !

— Belo est un calo, un ca-lo-tin !

Et la conversation resta sur ce mode jusqu'à la fin du jour sans que jamais nous arrivâmes à ne plus nous parler.

Durant les nuits qui suivirent, je ne pus constater d'absence de mon frère. Tombant de sommeil après chaque étape, je m'endormais tout aussi sec après le repas, pour me réveiller le lendemain. Cela dit, je n'avais pas les yeux dans ma poche, je voyais bien nos baluchons dépasser de plus en plus du panier à l'avant du vélo. Par un mystérieux effet, le paquet du bas prenait du volume. Le pain levait en quelque sorte.

Un matin où Mutien était parti relever ses collets à lapins, j'eus la curiosité d'aller voir ce que recelait son trésor de guerre. J'ai cru défaillir quand je découvris la consistance de son butin. Il y avait une liasse de billets, des pièces de monnaie, des bijoux qui allaient du collier de perles à des boutons de col. Je me souviens d'une montre à gousset, d'une croix en or et… d'une grenade. Je n'ai eu que le temps de remettre tout à sa place que mon frère réapparaissait en brandissant fièrement une prise.

— Ça ne va pas, Belo ? me demanda-t-il voyant ma mine livide.

— Comme ci comme ça, fis-je, avant de me retirer en grande hâte pour aller vomir.

La nausée m'a poursuivi toute la matinée.

13

Ce devait être le lendemain ou le surlendemain du jour où je reçus de Gunther la réplique en bois de Gaillard. Nous remontions vers Koblenz et je marchais sur une route défoncée derrière Mutien depuis le début de la matinée en psalmodiant « Flügel nous fait la gueule ! » au rythme de mes pas. Il pleuvait et j'avançais sans entrain. J'en avais marre de tout et je râlais sur tout. Traînant la savate, j'accrochai ma semelle au rebord d'un nid-de-poule et elle se détacha d'un seul coup.

Achetés pour Damien, portés aussi par Mutien, mes pauvres souliers avaient fait le tour de la famille avant de parvenir jusqu'à moi.

Mon frère tenta bien de reconstituer ma godasse avec du tissu et un fil de fer ramassé sur la route, le dégât était irréparable et ce fut mon pied qui au bout d'une heure nécessitait des soins. Comme je n'arrivais plus à poser un pas devant l'autre, Mutien me prit sur le vélo. Le terrain était vallonné et mon frère soufflait tant dans les côtes que j'en avais pitié. Si je souffrais moins que lui, les descentes, en revanche, étaient une véritable torture pour mes fesses et c'était à mon tour de pousser à chaque cahot des petits cris plaintifs.

Nous rejoignions tant bien que mal la queue du convoi lorsque le vélo, déviant de sa trajectoire, nous éjecta dans un plongeon spectaculaire en contrebas de la route. J'eus plus de peur que de mal tandis que Mutien, s'étant reçu la pédale en plein tibia, se tordait de douleur. Une fois passé le premier choc, il s'assit pour éponger sa blessure à l'aide de son mouchoir. Oscillant entre souffrance et découragement, il se mordait les lèvres.

C'est alors que je vis monter trois Allemands. L'un d'entre eux avait vu l'embardée, les deux autres avaient entendu le raffut et venaient s'assurer que nous étions toujours entiers. Gunther rattrapa le groupe des badauds. Nous voyant dans le trente-sixième dessous, il nous invita à poursuivre l'étape sur le grand chariot. Sa proposition fut rejetée sans appel par Mutien.

— On n'a pas besoin de vous, allez au diable !

Piqué au vif, Gunther éclata à son tour et le traita de « *Dickkopf* ». Après quoi il me prit d'autorité dans ses bras et lança à Mutien :

— Ce qui est bon pour toi ne l'est pas obligatoirement pour ton frère. Il ne doit plus marcher dans cet état !

Je n'opposai pas de résistance. Par-dessus l'épaule de Gunther, j'ai suivi Mutien des yeux. Tête basse, il nouait son mouchoir autour de sa blessure. Sa longue mèche noire masquait son regard.

Quelle frayeur de me trouver au milieu de tous ces Allemands, de les entendre parler, de voir leurs visages qui, après m'avoir accueilli d'un sourire, s'étaient aussitôt renfrognés. Une insondable misère morale et physique transpirait de ce convoi. Tout enfant que j'étais, ce désarroi ne m'échappait pas. Aimanté par je ne sais quelle curiosité morbide, je ne pouvais m'empêcher d'observer à la dérobée ces naufragés de la guerre. Au bout d'un moment, c'était moins la peur qui m'habitait que la compassion. J'avais mal pour ces gens, particulièrement pour un soldat du chariot, un nommé Rudolf, dont le visage, ravaudé par un chirurgien réfractaire à la couture, était terrifiant. Assis près de lui, miroir de ce qu'il était avant d'être défiguré, Kurt, son frère, ou plus précisément, je l'apprendrais par la suite, son jumeau.

Sur un tombereau en face de nous, j'ai vu de près, toujours contraint dans sa camisole de force, ce dément qui m'avait tant impressionné le jour de la réquisition des chevaux. La mine béate, il souriait à la pluie.

Dans un autre ordre de folie, il y avait le jeune enragé qui s'en était pris à Mazette. Du loup pour le regard, du carnassier dans la blancheur subite du sourire, du diabolique dans la manière de parler en éclats de voix et de rire dans l'extravagance. Sur le qui-vive, ce guerrier impénitent n'avait de cesse de fourbir son arsenal pour des faits d'armes imaginaires. Il jouait à faire peur et je pouvais lire dans le regard de certains qu'il y parvenait.

Heureusement, il y avait Gaillard qui cheminait de façon débonnaire comme s'il labourait le chemin. Quelle puissance tranquille ! Il arrachait seul la charge là où deux chevaux auraient courbé l'échine. Les soldats respectaient le colosse. L'un d'entre eux – la sinueuse carcasse maigre qui avait aidé Mutien – était aux petits soins pour lui. Du pain bénit à rapporter à mon frère !

La pluie était persistante et je toussais par moments. Gunther me regardait inquiet et sa façon de poser sur moi ses yeux clairs restituait à cet ennemi de ma patrie toute sa lumière. Battus en brèche par la prévenance du vieil homme, les préjugés dont j'étais pétri depuis la prime enfance n'en menaient pas large et l'idée que je pactisais avec l'ennemi me hantait. Sur un plan plus immédiat, je redoutais le jugement de Mutien. Mon frère menait la vie dure à l'envahisseur. Il ne lui avait fait à ce jour aucune concession. Pour moi, il se comportait en héros véritable et ne pouvait qu'être déçu par mon manque de pugnacité.

Je ne restai pas longtemps avec ma chaussure rafistolée. Une paire toute neuve m'attendait quand je rejoignis Mutien après l'étape. Mon frère avait profité d'un arrêt de la colonne en banlieue de Koblenz et des adieux de deux soldats qui étaient arrivés à destination pour me dégoter de belles et solides godasses italiennes. Par la même occasion, il m'offrit un manteau de pluie avec un capuchon et me donna des nouvelles rassurantes de nos pigeons. J'enfilai mes chaussures et je fis quelques pas en m'interdisant de boiter. J'avais toujours mal aux pieds mais je me suis efforcé de braver la douleur pour reconquérir son estime.

Le soir, j'éprouvai le besoin de lui demander si les souliers avaient été volés, à quoi il me répondit qu'il les avait achetés avec notre argent. J'avais découvert l'existence de son trésor de guerre mais je n'en connaissais pas encore le contenu.

— Quel argent ? demandai-je naïvement.

Nous étions partis sans rien.

14

... C'était, si tu te rappelles, le jour où Belo a démantibulé sa chaussure. Nous t'avons croisé dans le village de Kobeingondorf une semelle en main alors que, sous la pluie, nous ramenions Gustav et Friedrich dans leur foyer respectif. L'ordre d'accompagner ces deux soldats émanait de Jörg Anton Flügel, notre commandant. Entre nous soit dit et quelle que soit l'opinion que tu aies gardée de lui, cet officier qui avait passé la guerre dans le Génie s'est acquitté de cette mission de rapatriement avec une conscience et un sens de l'humain admirables. Certes, il n'était pas flexible – nous l'avons appris toi et moi à nos dépens – mais il avait le mérite d'aller jusqu'au bout de ce que lui dictait son devoir. C'est ainsi qu'il a exigé que chaque soldat qui rentrait chez lui soit reconduit dans son habitation par des camarades, qu'il soit aidé à passer le seuil de sa maison ce qui, pour nombre d'entre nous, était une véritable épreuve au bout de ces quatre années d'éloignement. Dans certains cas, cet accompagnement était inutile, dans d'autres, il était indispensable.

Pour Gustav, par exemple, son retour au pays était vécu avec une énorme appréhension. Cet homme d'une trentaine d'années qui travaillait comme manœuvre-maçon avant la guerre avait sauté sur une mine avec son char. Emprisonné dans la tôlerie de son engin, il fallut pour le dégager lui sectionner le bras droit.

À deux rues de chez lui, cet ouvrier fut pris de panique. Il nous suppliait d'attendre et fumait cigarette sur cigarette dans les ruines d'un bâtiment bombardé. Il a fallu deux heures pour qu'il se décide. Je te fais grâce des retrouvailles avec son épouse, ses deux enfants. Le choc, la compassion, le chagrin et, finalement, la joie. Nous nous sommes échappés sur cette note claire en promettant de nous écrire.

Amené à me reconstruire moi aussi, je n'ai pas pris ce temps ou, pour être honnête, face à cette hécatombe de rêves qui était pour nous tous la vraie défaite, j'ai rendu les armes.

Cet extrait d'une lettre envoyée à Mutien par Gunther, le 20 décembre 1952, m'a donné envie de repartir à la rencontre de cette arrière-garde de mutilés ou d'interroger leurs proches. Je sais bien que cette « vraie défaite », si je reprends les mots du vieil officier, s'est ressentie autant du côté des Alliés que de celui des Allemands et que des drames aussi affreux ont brisé des espérances dans toutes les nations impliquées dans ce conflit. Mais l'homme simple a cette petitesse de ne pouvoir s'attacher qu'à ce qu'il a côtoyé et le regard d'enfant que j'ai porté sur cette époque de ma vie me vaut encore aujourd'hui une vision d'homme simple.

La guerre se résume pour moi à ces visages et le destin a voulu qu'il s'agisse des visages de nos ennemis, des Gustav, des Kurt, des Rudolf… Le destin a aussi voulu qu'un de ces Allemands se soit comporté envers nous comme un père et j'ai trahi ma patrie dans mon cœur en l'aimant comme un père.

Maintenant, l'un n'est pas l'autre et Mutien, à de rares exceptions près, a longtemps gardé de l'animosité contre l'Allemagne et le peuple allemand qu'il appelait « schleus », « boches », « frisés ». Il m'est souvent arrivé de parler avec mon frère de ma perception des choses mais il ne m'a jamais vraiment écouté. Le sujet le brûlait et il montait aussitôt sur ses grands chevaux en me jetant à la figure cet inacceptable que je connaissais comme lui et face auquel il est interdit de dire quoi que ce soit.

Je regrette de n'avoir jamais pu aller jusqu'au bout de ma pensée avec Mutien. Je n'absous pas les actes, bien sûr, mais j'estime qu'il faut transmettre à nos enfants la vigilance plutôt que la haine. La haine est sectaire, elle méprise, elle exclut. La vigilance est ouverte, elle est l'affaire de tous, vainqueurs comme vaincus. Elle a pour enjeu que pareilles dérives ne se reproduisent plus.

À parcourir le courrier que Gunther envoya à Mutien, je ressens ce même besoin de sortir du pétrin des culpabilités et de restaurer l'homme dans sa fragilité plutôt que dans sa prétendue force. Il y a eu faute gravissime, on le sait mais pour paraphraser les Écritures : « Les dents des enfants doivent-elles rester agacées par les raisins verts qu'ont mangés leurs parents ? » S'il est un homme avec lequel j'aurais aimé parler de tout cela, c'est Gunther. Seulement, voilà, j'étais trop jeune et il est mort avant que je ne me sois ouvert à toutes ces questions.

Aujourd'hui, je comprends mieux ce qu'il voulait exprimer quand il nous demanda pitié pour le Mal plutôt que pardon. L'office de la messe ne débute-t-il pas sur un « Seigneur, prends pitié » ? Ce que l'on demande pour nous, accordons-le à la somme des erreurs, des errements, des déviations où les hommes s'abîment par orgueil ou vanité.

Tout petits, nous sommes ! Infiniment petits.

Bigre, voilà le moine qui se réveille !

15

Sans être vraiment sûr du jour ni même de l'endroit où cela s'est passé, je me souviens d'une attaque aérienne dirigée contre la colonne. Deux avions britanniques ont surgi du lointain. À peine nous avaient-ils repérés qu'ils sont revenus sur nous à basse altitude pour nous mitrailler copieusement. Pour notre chance, le terrain était boisé et les arbres nous ont servi de boucliers.

Désertés par leurs occupants, les chariots abandonnés sur la route furent criblés de balles. Des bêtes ont été touchées. Horreur que ces chevaux qui s'effondrent en hennissant. Plus effrayant encore ce soldat dont les nerfs craquent et que ses compagnons doivent maîtriser.

Après l'attaque, je suivis Mutien dont le premier souci fut de sortir Gaillard des fourrés et de s'assurer qu'il était sauf. Mon cœur battait à tout rompre et, pour fuir la vision de carnage autour de moi, j'ai concentré mon regard sur les retrouvailles de mon frère avec notre brabançon. Tête contre museau, ce moment de connivence me donna la force de ne pas basculer du côté des larmes.

— Tu parles d'un miracle ! dit Mutien en me montrant le tracé d'une rafale toute proche.

J'ai su à cet instant que les anges étaient avec nous et j'ai remercié le ciel de sa protection.

Côté Allemands, le commandant Flügel était descendu de monture et criait ses ordres au milieu d'une cohue généralisée. Ici, on abattait les chevaux mortellement blessés. Là, deux soldats prêtaient main-forte à l'un des leurs qui s'était foulé la cheville en se mettant à l'abri. Ailleurs, une grande agitation régnait du côté du chariot que tiraient les boulonnais. Un amputé avait été oublié dans la panique et s'était fait faucher avant d'avoir eu le temps de se mettre à couvert. Allant de l'un à l'autre, Gunther arpentait la route en tous sens, la mine sombre, le cœur gros. Des civils affluaient du village le plus proche. Parmi eux, un croque-mort et un équarrisseur. Les feldgendarmes attachés au convoi prirent la direction d'une ferme que l'on voyait à l'horizon. Ils en revinrent avec quatre chevaux de trait et une fermière tonitruante. Bâtie comme un arbre, la gorgone empoigna deux de ses spoliateurs et eut le temps de les mettre à mal avant d'être reconduite sous bonne escorte.

La confusion se poursuivit jusqu'en début de soirée. Le calme revenu, la colonne prit ses quartiers au cœur d'une église et les animaux furent rassemblés dans une prairie verdoyante toute proche. Pour se libérer du trop-plein d'émotion de la journée, Gaillard monta une jument consentante sous l'œil émoustillé des Allemands. La vie reprenait ses droits. Sous l'impulsion de Gunther, Kurt, le jumeau de l'homme au visage couturé, nous apporta de quoi nous remplir l'estomac. Les événements nous avaient rendus solidaires et Mutien, l'intraitable, accepta cette fois-là de partager la pitance des soldats.

… Il arrive un moment où nos pauvretés nous rassemblent laissant de côté l'envahissant territoire de nos rancœurs. Je couve l'espoir qu'un temps viendra où les hommes se lasseront de remettre jour après jour le couvert de la haine, écrivait Gunther.

Vers minuit, alors que nous dormions dans la réserve à bois de la cure, l'alerte fut donnée et tous les hommes valides du convoi sortirent de l'église. Sur l'esplanade, des torches électriques scrutaient les parages du lieu saint. Des voix appelaient un certain « Gottfried », le pressaient de revenir. Le prénom de mon frère fut prononcé dans la foulée. Ayant reconnu la voix de Gunther, Mutien se mit sous un rai de lumière et le laissa venir jusqu'à lui. Le vieil officier était affolé :

— Gottfried s'est enfui !

— Mais qui est Gottfried ? s'enquit Mutien.

Gunther me regarda puis au bout d'un moment reprit :

— L'homme à la camisole, c'est Gottfried ! Si vous l'apercevez, prévenez-nous immédiatement. Et surtout, ne vous faites pas voir ! ajouta-t-il avant de s'éloigner.

La battue dura jusqu'aux petites heures. Pelotonnés sous notre couverture, nous n'avons pour ainsi dire pas fermé l'œil. Pour moi, il était clair que l'on avait affaire à un ogre et que notre vie était en danger. Mutien jouait les valeureux mais je sentais bien que lui non plus n'était pas à son aise. Aux aguets, il réagissait au moindre bruit. Quand les Allemands revinrent, il se leva pour s'enquérir du résultat de leur expédition nocturne. Le fugueur s'était volatilisé.

Le lendemain, peu avant de lever le camp, une voiture déboucha en trombe sur la place. Trois hommes de la Gestapo en sortirent. Ils se concertèrent avec Flügel et les feldgendarmes du convoi. Sur le pied de guerre, ce petit monde n'aurait pas été plus affairé si l'ennemi avait infiltré ses positions.

Le temps de reconstituer les attelages et nous quittâmes le village. Le climat était pesant. Même Gunther qui n'était pas à l'après d'un sourire avait le visage fermé. Une pluie fine se mit à tomber. Elle nous accompagna toute la matinée.

En fin d'après-midi, une voiture klaxonnait derrière nous, qu'on lui cède le passage. J'ai pu voir Gottfried à l'arrière. Il était couvert de sang mais cela ne l'empêchait pas d'être hilare. L'auto fit un arrêt à la hauteur de Flügel pour l'informer de la capture du dément. Elle redémarra aussitôt et laissa la colonne derrière elle pour s'enfoncer dans ce pays de pierres rosées et de terres rougeâtres que nous traversions. Gunther descendit du chariot pour venir nous rejoindre. À son sourire, nous comprîmes qu'il était libéré d'un poids.

Le soir venu, il nous apporta une poignée de graines pour nos pigeons.

16

Nous cheminions sur une route perdue au milieu des campagnes quand j'aperçus un fer à cheval qui, par sa taille, provenait sans qu'il y ait le moindre doute d'une jambe postérieure de Gaillard. Je prévins Mutien qui le ramassa et nous remontâmes la colonne jusqu'au chariot que tractait le brabançon. Les jumeaux nous firent bon accueil et Gunther vint nous rejoindre près de Walter pour se faire interprète de Mutien qui insistait pour que l'on confie Gaillard aux soins d'un maréchal-ferrant. Incapable de mettre un mot devant l'autre sans cafouiller, le palefrenier agitait de haut en bas sa longue tête osseuse pour signifier à mon frère qu'il était aussi de son avis et qu'il serait bien marri si « *Dieses wunderschöne Pferd* » venait à boiter.

D'une nature grimaçante, toujours à faire craquer ses articulations, Walter était l'antithèse du soldat allemand tel que représenté dans l'imagerie nazie, à se demander comment ce personnage filiforme, voûté et irrésistiblement comique avait pu s'intégrer dans un bataillon, voire défiler avec d'autres camarades au pas de l'oie. Gauche jusqu'à la caricature, il rendait malgré lui tout cérémonial burlesque. Ainsi claquait-il des talons qu'on riait. Même chose lorsqu'il se mettait au garde-à-vous ou qu'il faisait le salut hitlérien. Considérant que cet homme était une erreur de l'armée allemande, Mutien afficha moins de distance à son égard qu'envers les autres membres du convoi. Il est vrai qu'il était difficile de tenir ce brave Walter pour responsable de la Seconde Guerre mondiale. D'une servilité gesticulatoire à tous crins, on lui aurait demandé la lune qu'il aurait grimpé aux arbres pour la décrocher.

Sans qu'il y ait eu besoin de le lui dire deux fois, le palefrenier dételа Gaillard en bout d'étape et nous partîmes tout aussitôt avec lui à la recherche d'un maréchal-ferrant. Nos investigations nous menèrent auprès d'un vieux ferronnier qui se fit prier pour rallumer sa forge. Il ne prenait plus ce genre de besogne et, en outre, le brabançon ne rentrait pas dans son travail. Pour comble de contrariété, pas un fer de son stock ne s'adaptait aux sabots du colosse et il n'eut d'autre alternative que de façonner quatre ébauches au départ d'un plat d'acier doux.

Il était dix heures passées quand Gunther, inquiet de ne pas nous voir revenir, nous retrouva dans la forge. Mutien tenait une jambe antérieure de l'étalon tandis que l'artisan ajustait son fer dans une odeur de corne brûlée. La visite du vétéran rendit le vieux maréchal-ferrant plus loquace. Il avait lui aussi connu la grande guerre et exultait de remettre ses souvenirs sur le feu.

Replié dans un coin, je tombais de sommeil et Gunther s'enquit pour qu'on me donnât une petite place au chaud pour dormir. On me réveilla en pleine nuit pour rallier le campement où nous avions laissé notre vélo et nos bagages. En chemin, Mutien se mit à discuter ferme avec Gunther :

— Vous pouvez vous passer de Gaillard à présent.

La plupart des soldats sont retournés dans leurs foyers. Rendez-le-nous, que l'on puisse rentrer nous aussi !

— Vous ne ferez pas vingt kilomètres qu'on vous le reprendra, argumentait le vieil homme.

— Vous avez promis de nous le rendre quand vous n'en aurez plus besoin.

— Je sais ! Je la tiendrai cette promesse, foi d'officier, mais pas maintenant, pas avant d'avoir l'assurance que vous puissiez regagner votre pays, sains et saufs.

— On n'a besoin de personne ! Avec mes cartes…

— C'est de la folie. Vous n'avez aucune chance de vous en sortir. Vous serez dénoncés à la Gestapo par le premier venu. La délation est l'affaire de tous ici. Le régime en a fait une vertu civique. Elle mène ce pays par le bout du nez.

— On voyagera de nuit et on dormira le jour. En coupant court, on peut passer dans la zone libérée en moins d'une semaine.

— Mutien, s'il te plaît, écoute-moi. Vous ne passerez pas. La moindre bête est consignée et la police omniprésente. Sans attestation, vous…

— Mais Gaillard est à nous !

— Aux yeux de l'administration du Reich, il appartient à l'Allemagne et quand bien même tu échapperais à tout contrôle, tu dois te faire à l'idée que Gaillard n'est plus un étalon prestigieux. Il représente une tonne de nourriture au marché noir. Le plus sage serait de le mettre en pension chez des fermiers qui seraient de confiance jusqu'à ce que la paix soit rétablie…

— Je vois bien votre manège ! Vous voulez le garder pour le revendre. C'est toujours pareil avec les nazis, dès qu'il y a de l'argent à voler…

— Tu vas te taire, Mutien, explosa Gunther, sans quoi je te colle une raclée !

Un silence lourd de rancœur suivit ces propos. Comme nous arrivions au campement, le vieil officier nous planta là avec Walter et Gaillard, pour s'enfoncer dans la nuit, épaules basses. La rage l'étouffait.

17

Gunther mentionne à deux reprises dans ces lettres un certain Matthias Lauterbach qui était pianiste, grand amateur de poésie et pour lequel il éprouvait de l'amitié. Personnage peu communicatif dans le flot de ces Allemands en déroute, Matthias Lauterbach ne retenait pas l'attention. Il avait le visage lisse de l'adolescent bouffi, le cheveu rare au sommet d'un front immense, un regard qui se barricadait derrière le cerclage argenté de petites lunettes rondes. Incapable d'affronter ne fût-ce que mes yeux d'enfant, il se réfugiait dans ses livres ou, plus précisément, dans des recueils de poèmes. J'ai conservé de lui le souvenir de lèvres qui goûtaient avec délectation des vers de Hölderlin, de Rilke, de Schiller ou de Goethe. Je l'ai même surpris un jour alors qu'il essuyait une larme à la lecture d'un texte, et cela m'est resté.

Incarcéré pour tentative de désertion, il avait été jeté hors de sa prison deux jours avant la libération de Paris et, au terme d'une fuite épique, avait croisé notre convoi du côté de Marche.

Matthias Lauterbach habitait Oberstein et Gunther fut choisi par Flügel pour le reconduire auprès de sa femme et de ses deux enfants qu'il n'avait plus vus depuis l'automne 1942. Là où n'importe qui se serait montré fébrile voire exalté de rentrer chez lui, ce soldat prépara son retour sans manifester de joie. En homme de bonne éducation, il fit sa toilette comme il le fallait, passa chez un coiffeur qui le rasa de près, dégagea sa nuque jusqu'aux oreilles et remit en service une raie latérale qui était au rancart. Le coiffeur était certainement un maître en son art mais le résultat fut désastreux sur son client. Le malheureux avait l'air presque chauve. Ses oreilles plantées à la perpendiculaire sur sa ronde bouille lui donnaient un air niais. Sur le plan cutané, des variations allant du rougeâtre au rose clair faisaient de son cou une polychromie inesthétique à souhait. Arrivés à Oberstein, nous avons suivi de loin ses adieux en riant de ses contorsions. À chaque poignée de main s'ajoutait un mouvement sec du buste vers l'avant que ponctuait un entrechoquement de talons.

Son absence fut de courte durée. Matthias Lauterbach réapparut le lendemain le visage tuméfié, les lunettes brisées, l'uniforme mis à mal. Plus déchirant, l'homme fondit en larmes dans les bras de Gunther. Nous étions enfants, étrangers et, en plus, ennemis de ces gens mais cette scène nous a retourné le cœur. Ralf se glissa près de nous. Un sourire incendiait son visage de faune.

— Le chat parti, les souris dansent ! nous dit-il dans un français qui nous surprit.

Un rire a ponctué sa saillie. On a eu froid tous les deux.

Matthias retrouva sa place dans le convoi. Il n'était plus le même. Alors qu'il s'était toujours montré timide et effacé, il lui prit quelques loufoqueries qui surprirent tout le monde. C'est ainsi qu'il joua du piano une nuit entière dans une caserne de Kaiserslautern où la quarantaine d'hommes que comptait encore le détachement faisait étape. Je me suis senti happé par cette musique comme je l'avais été deux semaines auparavant quand nous avions tenté d'enlever Gaillard aux Allemands. La fenêtre d'où provenait le son du piano était haute et j'ai demandé à Mutien de me faire la courte échelle pour que je puisse voir. Tête courbée comme s'il somnolait, Matthias tirait de ses doigts d'incroyables variations musicales. Quel jaillissement ! Sans doute ramenait-il à la surface tout ce que son passé de concertiste avait déchiffré de partitions. J'avais le sentiment d'écouter une source.

Mutien faiblissait et je dus redescendre. Je lui ai demandé de rester encore mais il était tard et le froid se faisait sentir. Je n'ai pas résisté longtemps à l'appel de notre couverture.

Le lendemain, il y avait un attroupement dans la cour de la caserne. Parmi ce monde, des policiers, des ambulanciers. Sur une civière, gisait une forme humaine recouverte d'un drap. Le pianiste s'était donné la mort en se tirant une balle dans la tempe.

Tu n'as pas idée, Mutien, à quel point nos femmes sont devenues féroces au bout de cinq années de guerre. Pour la majorité d'entre elles, la vie avait continué comme par le passé avec en plus des enfants à nourrir, à éduquer, à soigner, l'obligation de remplacer l'absent. Cette dureté que je peux comprendre, je l'ai perçue à maintes reprises alors que je ramenais des compagnons chez eux. Diminués ou simplement vaincus, ils faisaient les frais d'un accueil lointain sinon glacial. Avec l'attente, les souffrances endurées, l'éloignement, les femmes s'étaient trop longtemps débrouillées seules pour réintégrer autre chose qu'un intrus en la personne d'un mari. Quoi de plus normal ! Quand, en plus, un revenant s'était rebellé contre le régime, il essuyait alors la vindicte des épouses et des proches à qui la propagande nazie serinait qu'elle tenait les traîtres pour responsables des insuccès de notre armée.

Ce qui est arrivé à mon ami Lauterbach reste comme une tache dans mon existence. J'ai perçu un vent de hargne quand il a franchi le seuil de sa maison. J'ai aussi senti sa désolation lorsqu'il a vu la grande pièce vidée de son piano. Les regards de sa femme et de ses enfants m'étaient insupportables car ils me renvoyaient à ma propre histoire. Il m'a remercié et, plutôt que d'imposer ma présence dans ce moment difficile, j'ai profité de sa permission pour me retirer. Quand nous nous sommes parlé le lendemain, j'ai compris que je n'avais plus affaire au même homme.

Pour revenir à la vie et à ses bons côtés, je suis ravi d'apprendre que Belo s'est mis au piano. Je t'envoie aussi quelques poèmes que j'ai traduits de l'allemand. Matthias les chérissait. Tu as le bonjour de nous tous avec une mention spéciale de notre Lieselotte. Bien à toi et mes saluts à Belo.

Gunther Sütterlin

18

Je me fourvoie quand je me réfère au périple indiqué par Mutien sur la carte de mon père. Il est vrai que cette fugue remonte à si loin. Comment déterminer avec certitude qu'un Matthias Lauterbach était d'Oberstein et non de Kusel ou de Rockenhausen ? Je n'ai gardé de ce soldat que les images éclatées d'un personnage réfugié dans son monde de musique et de poésie ou encore d'un homme réprouvé dont la peine a ébranlé mon cœur de petit garçon.

De la même manière, je n'arrive plus à situer un contrôle de la Gestapo qui nous valut de longues heures d'angoisses administratives au sein d'une Kommandantur du Palatinat. Sans l'intervention de Flügel, Dieu sait ce qu'il serait advenu de nous.

Je bénis le ciel d'avoir entre les mains la correspondance de Gunther. Elle m'est précieuse dans ce travail de recoupement. Cela doit tenir à mon côté bénédictin mais je m'attarde des heures durant sur des points de détail qui n'ont finalement que très peu d'importance, comme si je redoutais que quelqu'un mît en doute la véracité de mon récit. Mais qui lira ces pages, qui procédera à des vérifications ?

Ce souci d'exactitude n'a pas que des inconvénients. Il m'a permis de découvrir le subterfuge utilisé par Mutien pour indiquer sur sa carte les différentes caches où il s'est désencombré de son trésor de guerre. L'astuce qu'il a employée était simple pourtant. L'indication d'une date sur le plan et, pour situer avec précision la zone d'enfouissement de son magot, le point qui terminait l'abréviation du mois.

Les trois dates que Mutien a notées m'ont bien aidé dans la reconstitution chronologique de notre périple. Je n'ai, en revanche, aucun souvenir des endroits où mon frère a camouflé ce butin. Tout ce que je me rappelle c'est qu'il m'obligeait à faire le guet et que cette responsabilité m'a valu une aventure que je ne suis pas près d'oublier.

Posté à l'entrée d'un ouvrage voûté qui pouvait être un tunnel ou un pont, j'attendais que Mutien se fasse quitte du fruit de ses rapines quand apparut le gros Heiner qui cherchait un endroit discret pour s'acquitter d'un besoin pressant. Dans l'impossibilité de prévenir mon frère, j'ai pris le parti de me déculotter et fis mine de m'exécuter alors qu'il passait à ma portée. La place étant prise, le mastodonte s'excusa puis s'éloigna à mon grand soulagement.

Constitué principalement d'objets non négociables, le butin récolté par Mutien valait plus comme acte de résistance que comme apport financier. Une fois cependant la chasse au trésor se révéla des plus fructueuses. Nous faisions étape depuis deux jours en banlieue de Frankfurt et je suis parti fouiner avec Mutien dans les ruines d'un quartier chic qui avait été bombardé. Nous n'étions pas les seuls sur le site. Malgré le froid qui régnait, des hommes et des femmes sondaient de tous côtés au mépris d'écriteaux où il était écrit en lettres gothiques : « *Plündern wird mit dem Tode bestraft !* » « Les pillards seront punis de mort ! » Une bande d'enfants de notre âge passait d'appartement en appartement dans l'espoir de tomber sur la poule aux œufs d'or. Nous fîmes de même. Fouinant avec moi dans un immeuble cossu, complètement mis à sac, Mutien m'a fait remarquer un secrétaire en noyer à rabat latté qui ressemblait à s'y méprendre au bureau où ma mère remisait ses papiers importants. Le meuble avait été ouvert au pied de biche et le contenu des tiroirs éparpillé alentour. Mon frère ne fit ni une ni deux et dégagea le plâtras qui recouvrait la table de travail. Avec une habileté qui m'a laissé pantois d'admiration, il a fait glisser des panneaux mettant au jour une cachette aménagée dans le double fond du secrétaire. À l'intérieur, des papiers, un lingot d'or et des boîtes à bijoux dont la plus grande contenait un collier somptueux incrusté de brillants. Forts de cette pêche miraculeuse, nous avons englouti notre butin dans nos poches et nos casquettes. Mutien a pris soin d'effacer toute trace de son larcin. Pour une raison qui m'est restée mystérieuse, il a même dispersé des gravats sur le meuble, histoire de le remettre dans l'état de délabrement où nous l'avions découvert. Nous nous sommes éclipsés par la suite. Mon cœur palpitait sans que je puisse savoir si c'était de peur ou d'excitation. Incrédule devant cette manne providentielle, je n'ai cessé de bombarder mon frère de questions.

— Tu crois qu'il y a assez pour acheter un bon cheval ?

— Il y a dix fois plus ! répliqua Mutien en se passant un bracelet d'or fin autour du poignet.

— Et Gaillard, ils vont nous le rendre ?

— Et pourquoi ils ne nous le rendraient pas s'ils n'en ont plus besoin. Je vais parler une nouvelle fois avec Gunther !

— Quand est-ce qu'on rentre à la maison ?

— Demain, on rentre !

Et moi de sauter en l'air :

— Demain, demain !

— Et quand je pourrai retourner à l'école ?

— Quand on sera rentré, gros ballot.

— Tu crois que maman sera fâchée ?

— …

Dans l'enthousiasme, nous décidâmes de lâcher Marquis, le pigeon de Mutien. Porteur des mots « À bientôt », il exécuta une grande circonvolution dans le ciel avant de prendre par voie d'air et de nuages la direction de la ferme. Malgré le froid vif, j'ai passé la plus exaltée des nuits. À mon réveil, j'aperçus Mutien en discussion animée avec Gunther et je les rejoignis.

— Au risque de me répéter, disait le vieil homme, je ne vous donne pas une chance sur cent de ramener Gaillard chez vous…

— J'ai de quoi payer, insistait Mutien.

Je me suis immiscé dans la conversation pour déclarer qu'on n'avait rien volé et que l'or et les diamants trouvés n'étaient à personne avant que mon frère ne me rabatte le caquet.

— Je ne sais pas de quoi ni de combien tu disposes, reprit Gunther au bout d'un moment. S'il s'agit de bijoux de valeur, tu n'en tireras rien pour l'instant. Pas même de quoi t'acheter un cheval mort. Alors, écoute-moi bien… Laisse-moi encore quelques jours. Une fois chez moi, à Heidelberg, je ferai le nécessaire pour qu'un camion vous ramène jusqu'à la frontière. Pour l'instant, j'ai d'autres chats à fouetter avec mes hommes.

— Je n'ai pas besoin de votre aide. On peut très bien rentrer chez nous tout seuls. Nous voulons juste Gaillard.

— *Du bist ein Dickkopf !* marmonna Gunther.

Tournant les talons, il nous planta là. Mutien se retira à son tour en prince offensé. Je le suivis. En chemin, il s'en prit à moi :

— J'en ai assez de t'avoir toujours à mes guêtres. Retourne à la bicyclette.

Je l'ai regardé disparaître derrière un haut mur. J'ai bien senti qu'il avait besoin d'être seul pour libérer son dépit autant que sa rage.

19

Un matin, une douleur aiguë me prit subitement sur le côté droit au niveau de l'aine. Je ne pouvais presque plus marcher. Mutien qui relativisait mon mal au début fut gagné par l'inquiétude quand il vit à quel point j'étais pâle. D'abord, il m'a hissé sur le porte-bagages mais la douleur était si forte que je me suis laissé tomber par terre pour me coucher en bord de route et pleurer à cœur fendre. Pris de panique, Mutien a posé le vélo et s'est mis à courir jusqu'au plateau tiré par Gaillard.

En un rien de temps, j'avais autour de moi une demi-douzaine d'Allemands parmi lesquels je reconnus Gunther. Penché sur moi avec un de ses congénères, il m'a demandé où j'avais mal. Je lui ai montré et il a compris. Un mot à Walter et je fus arraché au sol et emporté dans les bras faméliques de cet homme aux allures d'épouvantail. J'aurais été cueilli par la mort que je ne faisais pas la différence.

— Crise d'appendicite ! Ton petit frère doit être opéré d'urgence ! expliqua Gunther à Mutien.

Et Mutien de me suivre en murmurant d'une voix éraillée d'angoisse :

— Tiens bon, Belo. Tiens bon !

Des mains m'étendirent précautionneusement sur une litière de fortune aménagée sur le chariot. Autour de moi, chacun y allait de son sentiment. Le commandant Flügel était parti le matin même reconduire un de ses soldats chez lui et il était impérieux d'agir sans attendre ses ordres. Un hongre qui tirait une charrette légère fut dételé et un prénommé Gert l'enfourcha sitôt sellé pour partir en quête d'un médecin. Sur ma couche de fortune, je dégoulinais de sueur tandis que Mutien marchait à côté de moi en me serrant le bras.

— Tu dois tenir, Belo. S'il te plaît, tiens bon !

Ce n'est qu'en fin de journée que Gert réapparut. Un médecin allait arriver d'une minute à l'autre.

L'attente reprit jusqu'à ce qu'une limousine klaxonne, qu'on lui cède le passage. En sortit un personnage hirsute et ravagé portant une sacoche pelée dont le fermoir était hors d'usage. Lunettes cerclées d'or en retrait sur un nez boursouflé, le docteur, à son aspect, soignait davantage sa cave que ses patients. Après auscultation et injection d'un calmant, l'homme de l'art rendit un diagnostic sans surprise puis ajouta désolé :

— Je ne puis rien faire. Ce cas relève de la chirurgie. Il faut conduire cet enfant d'urgence dans un hôpital.

Prêt à se retirer, il fut intercepté par Gunther. Je ne compris pas les propos qu'ils échangèrent mais je perçus de la détermination dans la voix du vieil officier et une forme d'abattement protestataire dans le chef de son interlocuteur. À l'issue de cette discussion, il fut décidé de m'embarquer sur la banquette arrière de l'auto. Je réclamai Mutien qui fut invité à s'installer près de moi. Gert prit d'autorité les commandes de la voiture. À côté du chauffeur, le médecin puis Gunther. Mon frère voulut savoir où l'on nous conduisait.

— À une soixantaine de kilomètres d'ici, dans la banlieue de Mainz.

Outre les aspérités de la route, j'eus droit durant tout le voyage aux doléances du docteur. Ce dernier participait de mauvaise grâce à cette équipée qui lui volait son temps, gaspillait sa réserve de combustible, et le privait, par surcroît, d'une soirée de dégustation œnologique.

Par honnêteté, je me dois de spécifier ici que mon récit s'est enrichi de la version des faits que Mutien me fit par la suite. Je souffrais tellement qu'en dehors du capitonnage noir en cuir lustré de la banquette et des secousses provoquées par chaque nid-de-poule, je n'ai rien enregistré de ce qui se passait autour de moi.

Je sais par mon frère que j'ai été débarqué en catastrophe vers huit heures du soir dans un internat pour jeunes filles converti pour les besoins de la guerre en hôpital de campagne. Il me raconta les péripéties nocturnes qui furent nécessaires pour rappeler à ses bistouris un chirurgien au comble de la fatigue. Il prétendit, mais dois-je le croire, que l'opération se déroula au plus fort d'une savonnée générale et qu'il vit passer deux sœurs emportant à pleines poubelles des membres coupés. Il me parla de l'arrivage de nouveaux blessés et d'un patient qui récriminait auprès de Gunther parce que je lui avais soufflé son tour. Voilà, de source fraternelle, le contexte où je fus opéré.

À mon réveil, la première personne aperçue fut le vieux médecin. En grande conversation avec mon voisin de lit, dessoûlé, il avait repris apparence civile. Il était même de bonne humeur. Bon samaritain, il s'inquiéta de mon état et me posa des questions auxquelles je fus bien incapable de répondre. J'avais très soif et je lui ai demandé à boire mais il m'a fait comprendre qu'il était préférable pour mon rétablissement de rester à jeun. J'avais la bouche sèche et je me suis mis à pleurnicher. Nous transigeâmes pour un peu d'eau sucrée imbibée dans un morceau d'étoffe. À mes risques et périls ! Gunther et Gert ne tardèrent pas à se montrer mais je cherchais Mutien. Je leur aurais bien demandé où il était mais je craignais de passer pour un froussard. Après le départ de mes visiteurs, mon imagination se mit à battre la campagne. Je pensai évidemment au pire : l'arrestation, la torture, le poteau d'exécution. Dans cet environnement, j'avais de bonnes raisons d'être angoissé. Tous ces hommes autour de moi n'étaient-ils pas victimes des forces alliées ?

Surgissant derrière une nonne à cornette, Mutien refit son apparition en début d'après-midi. Il avait passé la nuit sur la banquette arrière de la limousine et venait de se réveiller.

— Tu m'as fichu une de ces pétoches, me dit-il d'entrée de jeu.

— J'ai pas fait exprès.

— Ç'aurait été un comble !

Et de sortir de derrière son dos une barre de chocolat pour honorer comme il se devait mon retour à la vie.

Nous parlâmes à voix feutrée. Je remis sur le tapis la rentrée des classes que j'avais manquée et maman qui me faisait défaut. J'avais besoin de pleurer un peu. Redoutant que je ne revienne avec la messe du dimanche et les péchés mortels, mon frère chercha une diversion :

— T'imagines une bombe au milieu de tous ces frisés ?

Ne trouvant pas l'idée bonne, je pleurai de plus belle. J'avais même envie de vomir, sans doute à cause de l'opération ou de l'eau que j'avais bue. Mutien m'annonça que de son côté il était content de ne pas être retourné en pension.

— Ce n'est pas sur les bancs d'école que tu apprends la vie, déclara-t-il.

La vie, il en savait un sacré bout, ce diable de Mutien.

Et moi de sangloter sur mon sort à l'idée que j'avais failli la perdre.

20

Je me réveillai sur des cris, des bruits de bottes, un charivari sans nom à trois lits du mien. Je vis des soldats de la Waffen SS qui emportaient sans ménagement une effrayante plaie vivante, débraillée de bandages. Je plongeai sous mes draps et me bouchai les oreilles pour ne pas entendre les supplications de l'homme qui venait de se faire arrêter. Le temps que le calme se rétablisse, j'appelai Mutien par l'intermédiaire de la Sainte Vierge, qu'il m'aidât à rassembler mes affaires et à quitter l'hôpital. J'étais persuadé que les nazis allaient s'en prendre à moi. Une nonne qui passait devant ma couche les bras chargés d'un tissu ensanglanté me jeta un regard apitoyé. Cela ne m'a pas rassuré sur mon sort. Plus tard, elle revint avec une de ses consœurs pour laver à grandes eaux le sol rougi. Deux policiers allemands faisaient les cent pas entre les deux allées de lits. Je redoutais qu'ils ne remontent jusqu'à moi. Tout à coup, des hommes de la Gestapo firent irruption dans le dortoir et l'un d'entre eux s'adressa à nous tous. Il ne parlait pas, il aboyait.

Après cette harangue, je fus soulagé de voir arriver Gunther. J'ai réclamé Mutien. J'avais besoin d'être rassuré. J'ai fait promettre qu'il ne lui était rien arrivé.

— Nous partons demain. Est-ce envisageable pour toi ? finit-il par me demander.

J'ai opiné de la tête frénétiquement. Je me serais esquivé sur-le-champ s'il me l'avait proposé.

Mon frère passa me voir en soirée. Il était enjoué. Une manière d'éluder mes questions et mes peurs. Il me raconta qu'il avait vu Gottfried, l'homme à la camisole.

— Attaché comme il est, il ne risque pas de s'échapper, précisa-t-il pour apaiser mes craintes.

Cette seconde nuit passée dans ce sinistre dortoir alignant mutilés et corps brisés fut un cauchemar. Pas moyen de fermer l'œil plus de cinq minutes à cause des allées et venues permanentes et des blessés qui gémissaient, appelaient à l'aide.

J'étais dans le brouillard quand on m'enleva le lendemain à cette cour des miracles empuantie mais les irrégularités de la route eurent vite fait de me réveiller. Soulagé d'être quitte de l'hôpital, je me gardai bien de mentionner les tiraillements dans la zone où j'avais été opéré. Une demi-heure de soubresauts et je passai de la voiture du docteur au plateau tiré par Gaillard. Mon frère récupéra la cage à pigeons et sa bicyclette allégée du fruit de ses rapines et la cage à pigeons. Il s'était défait en catastrophe de son paquet compromettant alors que se décidait mon transfert à l'hôpital.

J'espérais que Mutien aurait fait une croix sur son trésor de guerre. C'était mal le connaître. Il s'éclipsa la nuit suivante pour rapatrier tout ou partie de son butin. D'après moi, il n'a pas encouru le risque de garder certains objets volumineux ou encore cette grenade qu'il avait dérobée je ne sais où et dont nos amis allemands n'auraient pas apprécié la présence dans nos bagages.

Dès que je me retrouvai seul avec lui, je l'interrogeai sur l'incursion des soldats quand j'étais à l'hôpital. Il m'inventa une histoire d'espion anglais qui s'était glissé parmi les blessés pour obtenir des renseignements. Il me raconta dans la foulée le tour de passe-passe par lequel le simulateur avait faussé compagnie aux Allemands venus l'arrêter. Arsène Lupin n'aurait pas fait mieux !

Sur la base de la correspondance de Gunther, je lui sais gré aujourd'hui de m'avoir caché une vérité infiniment plus sombre.

L'homme qui se trouvait à quelques lits du mien était officier de la Wehrmacht. Son crime fut de déblatérer contre le Reich et son Führer. Il fut pendu haut et court avec deux autres soldats dans l'enceinte même de l'hôpital avec un panneau sur le ventre où il était inscrit : « *Ich bin ein Feigling !* » « Je suis un lâche ! »

Pour faire un sort à un autre mystère, j'ai trouvé des éclaircissements sur Gottfried dans un courrier de Gunther :

... Je ne te dis pas mon état de frayeur quand Andreas m'a réveillé en pleine nuit pour m'informer de la fugue de Gottfried Heinzinger. Cet ancien officier SS à qui je servis d'interprète d'avril 1942 à octobre 1943 a basculé dans une forme de démence meurtrière qui nous obligea à le faire interner. Gottfried n'était pas un enfant de chœur mais, contraire-

ment à bien d'autres, il demeurait toujours ouvert à la discussion et pouvait entendre un avis qui n'était pas le sien.

J'étais présent quand la première crise s'est déclarée et c'est à la providence que je dois d'avoir eu la vie sauve. J'ignore ce qui a pu déclencher cet élan sanguinaire. Ce dont je peux témoigner c'est qu'il n'était plus lui-même et que le cuisinier à qui il s'en est pris ne canalisait pas d'agressivité, au contraire. Ce bon Thilo était la douceur de vivre par excellence. Quant à Walter à qui il s'est attaqué ensuite, tu le connais assez pour savoir à quel point il est inoffensif.

Moi, si préoccupé par la question du Mal, je l'ai vu cette fois-là, en face de moi, incarné en la personne de Gottfried. Ma première réaction fut de parler à mes pairs de cet acte démoniaque comme d'un cas de possession. Aujourd'hui, je vois les choses différemment. Le Mal a ses racines en chacun d'entre nous. Avec cette guerre, il s'est propagé dans des proportions qui me laissent sans voix. Comment a-t on pu en arriver là ? Je lis, j'entends, je découvre des images qui me tétanisent d'horreur. Lorsque nous nous sommes rencontrés, il y a neuf ans, je subodorais des dérives mais jamais je n'aurais pu envisager quelque chose de semblable. Guérirons-nous un jour de ce cancer de l'âme dont on ne finit pas de découvrir les métastases ? C'est ma grande question. J'ai mal pour mon pays et honte pour les grands esprits, les compositeurs, les poètes qui ont fait sa grandeur. Que leur avons-nous fait ?

Mais revenons-en à cet officier SS. Nous l'avons fait interner mais il a profité de chaque occasion pour s'enfuir et égorger humains et animaux qu'il croisait sur son passage. Tu comprends maintenant l'angoisse qui m'a pris quand il nous a faussé compagnie. Il serait tombé sur vous qu'il ne faisait pas de quartier. Au village, cette même nuit, il a tranché la gorge d'une dizaine de moutons…

… J'ai mémoire de sa mère qui était venue le visiter une semaine avant qu'il ne sombre dans la démence. Comme il était affairé ! Un vrai petit garçon ! Pauvre Gottfried !

21

— Tu m'as encore laissé tout seul cette nuit ? demandai-je à Mutien.

Difficile pour lui de nier, il était griffé de partout.

Ce souvenir remonte à ma convalescence car nous dormions sous le chariot-plateau que tirait Gaillard. Mon frère m'envoya paître. Il était d'une humeur infâme et je préférai ne plus lui poser de questions. Au bout d'un moment, n'y tenant plus, je me rapprochai de lui pour lui glisser à l'oreille :

— On fait équipe, hein ?

Il me prit la main et je sentis qu'il avait un poids sur le cœur. Quelqu'un ricana dans notre dos et je reconnus Ralf, le jeune loup au sourire trouble. Mutien ne se retourna pas mais il marmonna entre ses dents :

— Je le déteste !

Moi aussi, je n'aimais pas trop Ralf. Il faisait toujours le malin avec ses armes pour me faire peur. En plus, il ne se passait pas un jour où il ne cherchait querelle à l'un ou l'autre soldat du convoi. À mon niveau d'enfant de huit ans, cette inimitié entre mon frère et ce matamore allemand m'affectait peu alors que la culpabilité d'avoir manqué deux fois de suite la messe du dimanche me rongeait le cœur. Pour être recevable au paradis, il me fallait à tout prix confesser les deux péchés mortels qui noircissaient ma conscience. Je voulus faire part à Mutien de mes états d'âme mais le jour était mal choisi et il me hurla une nouvelle fois dessus. Je regagnais le plateau en sanglotant quand Gunther s'approcha pour me demander ce qui me chagrinait. Comme je lui racontais pour les messes, il me certifia qu'une opération chirurgicale dispensait de l'office, ce qui réduisait à un mes péchés mortels. Il tenta bien de me persuader qu'une attaque aérienne était un cas de force majeure mais, dans le doute, je lui demandai quand même de me trouver un confesseur en spécifiant qu'il devait comprendre le français faute de quoi l'absolution ne serait pas prise en compte par la bureaucratie céleste. Je n'ai pas été rabroué, preuve que ma cause était juste.

— Dès que tu seras rétabli, je m'occupe de ton problème, me promit-il.

Il me laissa ensuite pour aborder un groupe de femmes hagardes qui cherchaient dans le convoi qui un mari, qui un fiancé, qui un frère.

Il y a ceux qui sont rentrés, il y a ceux qu'on a attendus en vain, il y a ceux qui ont repris place chez eux mais qui n'étaient plus chez eux, qui n'étaient même plus présents à eux-mêmes. Il y a tous ces dédoublés de la vie qui, le jour, sont exemplaires et qui, la nuit, exhument des cachettes les photographies empreintes de leur bestialité comme de vieux séducteurs ressortent des tiroirs les portraits écornés de conquêtes bafouées. Il y a enfin ceux qui ont mis fin à leur cauchemar en se donnant la mort. J'étais soldat allemand pendant la grande guerre et ma défaite fut une défaite de soldat. Au yeux du Monde et de l'Histoire, la seconde guerre a fait de nous tous des bourreaux…

Combien de générations faudra-t-il pour qu'on enlève à l'Allemand cette cagoule ? Je préfère ne pas y penser.

Gaillard s'est mis à faucher vers la droite et Mutien s'empressa avec Walter auprès du colosse pour voir de quoi il retournait. Avec son couteau, il a délogé un gravillon qui s'était coincé entre le fer et un endroit sensible du sabot. Cet incident nous a tous échaudés. Il nous rappela que, si notre brabançon avait une résistance hors du commun, il n'en restait pas moins vulnérable. Tous les chevaux du convoi n'avaient-ils pas été échangés dans des fermes contre des bêtes fraîches ? Gaillard était le seul à ne pas avoir été remplacé au grand dam d'éleveurs qui auraient bien donné leur meilleur étalon pour le garder. Gunther s'est toujours employé à tuer dans l'œuf les mouvements de convoitise. Il le faisait avec humour en disant : « Pas celui-là, il est le seul à connaître le chemin. » Il dut tenir tête à Flügel qui prônait la permutation. Soucieux d'honorer sa promesse, il fit toutes les démarches nécessaires pour que Gaillard lui soit attribué en propre, un privilège qui n'excluait pas le risque de se retrouver un matin avec un cheval qui faiblit, qui peine à tracter sa charge et dont on doit se séparer.

Il en va des chevaux extraordinaires comme des hommes extraordinaires, écrira-t-il à Mutien, *on n'admet leur fragilité qu'à l'instant où ils se brisent.*

22

Après mon retour de l'hôpital, Ralf tournait tellement autour de nous que c'en était pesant. Toujours à ricaner, il s'amusait à m'effrayer. Animé d'un malin plaisir à passer pour détestable, il s'ingéniait à indisposer les gens ou à les faire sortir de leurs gonds. Ses quolibets blessaient au point de dégénérer parfois en bagarres. Un jour, un des jumeaux en vint même aux mains avec lui. Kurt était bien moins robuste que son adversaire. Gunther dut prendre sa défense et immobilisa Ralf. Mon frère qui avait pris en grippe ce jeune coq depuis la mort de Mazette jubilait. Je suis sûr qu'il n'était pas le seul.

Maintenant, les hommes du convoi avaient beau éviter l'énergumène, ils n'en traitaient pas moins leurs petites affaires avec lui. Ralf était la bonne adresse quand on avait besoin de tabac ou d'alcool. À maints égards, c'était un magicien en matière d'approvisionnement et de marché noir. Flügel malgré son côté rigoriste fermait les yeux sur les agissements de cette graine de brigand. Gunther, en revanche, se tenait sur ses gardes.

Mutien avait toujours évité de trop approcher Ralf, jusqu'au jour où ce fut son tour d'être importuné par ce dernier.

Je me remettais de mon opération et j'étais descendu du chariot pour faire quelques pas au côté de mon frère quand Ralf arriva sur nous. Il s'esquiva en danseuse au dernier moment et glissa à l'oreille de Mutien :

— C'est très mal de voler les Allemands !

Mon sang se glaça et je bégayai :

— Faut que tu rendes tout ce que tu as pris. S'il te plaît !

N'obtenant aucune réponse, j'implorai une nouvelle fois mon frère :

— S'il te plaît ! J'ai trop peur.

À mon grand étonnement, Mutien ne se démonta pas. Il me rappela que c'était la guerre et qu'il était de son devoir de patriote de mener la vie dure à nos ennemis. Il déclara qu'il savait que Ralf avait éventé ses escapades nocturnes parce qu'il en faisait tout autant et que, s'il y avait quelqu'un qui volait les Allemands, c'était bien lui. Face à de tels arguments, je n'eus d'autre choix que de me ranger à sa philosophie et d'autre secours que de prier pour que la situation ne se dégradât pas. Je m'exécutai sans délai.

Le lendemain, Mutien découvrit ses collets visités. Il était furieux.

— Tôt ou tard, il va me le payer ! lança-t-il.

J'avais beau partager son indignation, je le suppliai de rester tranquille.

J'ignore ce que Mutien avait imaginé pour se venger de Ralf mais ce que je ne suis pas près d'oublier c'est l'état dans lequel je retrouvai mon frère le matin du jour suivant. Il était assis les jambes repliées sous lui et se tenait prostré dans le froid, le regard arrêté sur le lointain. Ses cheveux étaient ébouriffés, terreux. Son manteau était déchiré, souillé de boue lui aussi. Je l'ai appelé mais comme il ne me répondait pas, j'ai pris la couverture et l'ai posée sur ses épaules. Sur son visage maculé, des traces de larmes séchées. Je l'interrogeai mais ne pus rien savoir de ce qui s'était passé. Je l'entourai alors de mes bras et, bouleversé par son silence, je me suis mis à pleurer.

Nous sommes restés deux jours à Frankfurt. C'est là qu'habitaient les jumeaux. Je n'ai rien trouvé sur eux dans les lettres de Gunther si ce n'est un endroit où il fait mention de ce « duo inséparable d'imprimeurs ». Ils étaient donc imprimeurs et non soldats. Kurt a toujours été gentil avec moi. C'est lui qui veillait à ce que l'on ait de quoi se ravitailler. Il fut mon voisin de chariot pour une semaine. Rudolf, son frère, gardait ses distances – comment pouvait-il en être autrement avec cette reconstitution de chair qu'était son visage. J'ai souvent pensé à cet homme et plus particulièrement au jour où il brisa avec son front un miroir qui lui avait fait injure. J'espère qu'un chirurgien habile lui aura rendu une physionomie acceptable. Je revois tous ces gens et je regrette une nouvelle fois de n'être jamais parti à leur rencontre. Sans doute certains d'entre eux sont-ils encore en vie à l'heure où j'écris. Au fond de moi, j'aimerais bien qu'un Rudolf me rassure sur ce qu'a été son existence. Je souhaiterais tant l'entendre rire alors que saute sur ses genoux un enfant réjoui.

Quand nous sommes arrivés à Frankfurt, je n'ai pas attendu l'autorisation de Flügel pour me rendre dans cette ville où mon fils Dieter vivait avant guerre avec sa femme et mes deux petites-filles, Greta et Lieselotte.

Dévastée par les bombardements dont les derniers en date remontaient à la semaine précédente, Frankfurt était un amas de ruines au milieu desquelles j'eus toutes les peines à situer la Thudichumstrasse où mes enfants habitaient. Plus un mur vaillant dans cette rue, plus le moindre repère quant à l'emplacement de l'immeuble qu'ils occupaient. Seules indications, des fragments de portes sortant des gravats comme pierres tombales et sur lesquels une craie blanche avait écrit des noms et des adresses transitoires. Avec la pluie des derniers jours, la plupart des messages étaient devenus illisibles et je n'ai trouvé aucune inscription émanant de ma belle-fille. Le cœur noué, j'ai passé des heures à interroger des hommes et des femmes qui remuaient les restes de leur maison dans l'espoir d'en sortir l'un ou l'autre objet auquel ils étaient attachés. Chacun était à son malheur et les réponses que j'obtins étaient davantage des appels à l'aide que de l'assistance à mon endroit. Mon enquête se révéla plus fructueuse auprès des autorités de la ville qui, sans me rassurer totalement, m'informèrent qu'aucune personne répondant au nom de Sütterlin n'avait été identifiée parmi les victimes. J'avais besoin de savoir et j'ai mis tout en œuvre pour joindre les Moosmüller qui étaient nos voisins à Heidelberg. J'aurais pu tout aussi bien tenter de joindre ma femme mais je redoutais, je l'avoue, une mauvaise nouvelle du côté de mes fils. Je fus soulagé d'apprendre que ma belle-fille et ses enfants étaient chez moi, saines et sauves. J'ai demandé à Hartmut Moosmüller de n'informer personne de mon retour imminent.

« Je reviens de si loin ! » lui ai-je dit.

23

Gunther tint parole. Il me conduisit dans une église catholique et je pus enfin me confesser auprès d'un prêtre qui parlait trois mots de français. Je m'accusai par la même occasion de mes péchés antipatriotiques en particulier d'avoir mangé du pain et du pâté ennemis. J'eus pour pénitence trois *Ave Maria* et trois *Pater Noster*. Pour plus de sécurité, j'en récitai douze de chaque. Malgré cela, je restai encore avec le petit doute que le Bon Dieu ne prît pas en compte une confession reçue par un Allemand.

La bénédiction d'en haut, c'est comme une couverture, chacun la tire de son côté.

Alors que nous nous pressions pour rejoindre le convoi, nous croisâmes une importante colonne de travailleurs encadrée par des soldats en armes. Les prisonniers marchaient par quatre d'un pas harassé. Effrayé par les chiens, je me serrai contre la jambe de Gunther qui posa sa main sur mon épaule. Nous fîmes l'objet d'un contrôle draconien qu'il subit de mauvaise grâce.

Une fois hors de danger, je pus poser mes questions et raconter que Gustave qui était embauché à la ferme avait lui aussi été envoyé en Allemagne pour le travail forcé et qu'il était déjà vieux et que maman s'inquiétait pour lui et qu'il était peut-être malade parce que je ne l'avais pas vu…

Quand nous retrouvâmes les autres, ma main était blottie dans la sienne.

À Darmstadt, Mutien sortit sa carte. Pour lui quatre jours nous séparaient du moment où Gaillard nous serait rendu. Par la même occasion, il me montra les tours et les détours qu'avait faits le convoi : montée jusqu'à Koblenz, descente jusque Kaiserslautern, remontée jusque Mayence, redescente jusque Heidelberg. Ce doit être cela que l'on appelle le parcours du combattant. Il m'indiqua le chemin qu'il comptait prendre pour le retour :

— Six jours et on est sorti de ce sale pays.

— Et pour rentrer à la maison ?

— Tu ajoutes une semaine ! Pour le 10 octobre au plus tard on est à la ferme !

J'eus l'idée d'informer maman de notre retour en libérant Nestor. Mutien s'occupa de la capsule et du texte avec la date. C'est moi qui lâchai mon pigeon. Une fois notre émissaire hors de vue, une bouffée de cafard m'envahit.

— Je voudrais qu'on soit rentré maintenant, ai-je dit en reniflant.

Nous avons repris nos conversations habituelles mais, de ses déboires avec Ralf, Mutien a toujours évité de parler gardant pour tabou ce qui lui était arrivé. Ce que je ne me suis pas expliqué, en revanche, c'est le rapprochement presque immédiat qui s'est opéré entre eux après les événements de cette fameuse nuit. D'accord, ils s'adonnaient aux mêmes occupations nocturnes mais Ralf était un vrai truand alors que Mutien se dédouanait auprès des Allemands des dommages subis. Je ne compris plus rien lorsque mon frère, à peine remis de ses émotions, se mit à traficoter avec lui. C'est ainsi que je le surpris alors qu'il lui refilait par fardes entières des cigarettes allemandes et même de l'eau-de-vie que le malandrin engouffra dans une profonde besace de toile qu'il portait en bandoulière. Connivence ou ruse de guerre, j'étais incapable de me prononcer.

Si j'interroge l'enfant que j'étais, Ralf m'attirait autant qu'il m'effrayait. Une fois gommés les côtés diaboliques du personnage, c'était un être séduisant qui suscitait d'emblée la sympathie. Ainsi, lorsqu'il n'était pas empreint de cynisme, son sourire était haut en couleur. Même chose pour son regard qui fascinait au premier abord. À se demander ce qui avait métamorphosé cet Adonis en caricature de surhomme des champs de bataille. La mythologie SS n'était certainement pas étrangère à sa transformation. Le fait de se déplacer avec un véritable arsenal, de mouliner ses revolvers, de lancer le couteau ou de faire tournoyer des *handgranate* entrait dans cette mystification.

Je parle de sa manie des armes sciemment car elle fut responsable d'un accident auquel on pouvait s'attendre. Il eut lieu la matinée du 24, alors que nous nous apprêtions à quitter Erbach où nous avions passé la nuit dans une école. La quinzaine d'hommes que comptait encore le convoi étaient affairés à l'attelage des chevaux quand une explosion soudaine se fit entendre du côté des toilettes. Pensant aussitôt à une attaque, les Allemands se mirent à couvert. Au bout d'un moment, Flügel sortit du renfoncement où il s'était replié et traversa la cour avec quelques audacieux. La déflagration restant sans écho, il fut rejoint par les autres. Mû par une force irrésistible, je me laissai prendre par le mouvement. J'ai vu le tableau une fraction de seconde avant que Mutien qui se tenait derrière moi ne me collât ses mains sur les yeux.

— Tourne-toi, Belo, c'est pas beau à voir ! me lança-t-il avec autorité.

Que ne m'avait-il aveuglé plus tôt ! Cette vision sanguinolente du corps éviscéré de Ralf a longtemps hanté mes nuits.

Avait-il dégoupillé malencontreusement une de ses grenades ou s'était-il donné la mort à la perspective de ce qui l'attendait chez lui à Karlsruhe ? On n'en saura jamais rien. L'éclairage qu'en donne Gunther dans une de ses lettres me fait pencher pour la seconde hypothèse.

Ralf s'est rendu responsable d'actes de grand banditisme alors qu'il était en poste à Marseille. Avec quelques comparses, il a mis à sac une banque et attaqué à la mitrailleuse lourde et au mortier un fourgon blindé qui transportait des valeurs. Le bilan fut sévère sur le plan humain. Six morts et une dizaine de blessés. Je tiens ces informations de Jörg Anton Flügel à qui incombait la délicate mission d'informer en douce la Kommandantur de Karlsruhe du retour au bercail du fameux Ralf. Il m'a confié avoir été soulagé, passe-moi l'expression, de la bonne issue des événements. Ce sentiment était partagé par tous.

24

Samedi 23 septembre 1944

Ma chère Agnès,

Tu n'ignores pas que l'espérance est pour moi la reine des vertus théologales. Après s'être fait attendre, elle s'est posée sur le toit de notre ferme ce matin même sous la forme d'un oiseau.

Rameau vert dans le bec de la colombe, elle m'a donné par la voie du ciel des nouvelles de mes chers petits. Au bout de trois semaines et trois jours sans le moindre signe de vie, je me préparais au pire. C'est René qui a repéré le pigeon de Mutien et découvert dans son plumage une médaille de sainte Rita qui est, comme chacun sait, la patronne des causes désespérées. Sur l'envers du pendentif, le mot « bientôt » gravé à la pointe d'un couteau.

Sans pour autant être assurée que mes enfants me reviendront, je revis.

Il est vrai que nous avons traversé en ce début du mois de septembre une période d'effroyables carnages. Pas une localité alentour qui n'ait payé son tribut à la libération. Regarde ce qui s'est passé à Ittre, à Braine, chez nous à Waterloo, aux Marnières. Pas plus tard qu'hier, je parlais avec l'abbé Renard de notre pauvre cousin, tué à deux pas de la place Albert-Ier et que nous avons enterré le huit de ce mois avec ses compagnons. Qui aurait pu imaginer une chose pareille ?

Dieu fasse que mes pigeons voyageurs me reviennent vivants et en bonne santé. Je compte sur toi et ta communauté pour leur garder une place dans vos prières.

Toute l'affection de ta petite sœur.

Marceline Fauconnet-Licot

J'ai passé ma journée d'hier à explorer les archives familiales, les courriers et autres documents datant de notre fugue. J'ai parcouru les papiers de Mutien et j'ai relu une nouvelle fois les lettres de Gunther pour me faire une meilleure idée de cette période de ma vie dont je fus finalement un témoin peu éclairé. J'enrage de n'avoir pas suffisamment interrogé mon frère sur ce voyage tant que cela était encore possible. Il aurait mis en lumière bien des points que le temps a rendus nébuleux. J'ai un tel besoin d'entendre Mutien dans ce récit. Je donnerais tout pour quelques heures retrouvées avec lui. Écouter sa version des faits, me laisser bercer par sa belle voix grave, mieux cerner son attachement à ce vieil homme qui lui ressemblait si peu, mieux le comprendre, lui.

Le sens commun prétend que les contraires s'attirent et, dans mon cas, je ne démentirai pas le sens commun. La vie de Mutien a évolué aux antipodes de la mienne. Elle s'est placée sous le signe de l'excès, là où je me suis soumis à la règle et aux heures. Instable, généreux, libertaire, mon frère a été de tous les combats – qu'ils fussent sportifs, scientifiques ou humanitaires. En perpétuelle mouvance, cet aventurier dans l'âme a chassé le kangourou en Australie, s'est porté volontaire en Algérie lors du séisme de 1954. En 1958, il m'a embrigadé avec des amis pour venir en aide aux victimes des tragiques inondations du Gard. Dans ses papiers, j'ai noté sa présence en Macédoine en 1963, au Biafra en 1968, au démazoutage d'Ouessant en 1976... Dans les années 1970, il a écumé l'Atlantique avec les fouilleurs d'épaves. Il s'est retrouvé dans la nébuleuse du Paris-Dakar à ses débuts, une expérience qui lui valut de nous revenir avec une perle de femme noire, un grand amour décrié par la tribu et dont la joie rieuse et communicative me réjouissait. Diable d'homme !

Atteinte d'un cancer, Naïa est morte en 1985. Un journal tenu par Mutien relate chaque jour de sa maladie, un enclos de tendresse et d'élévation qui m'a arraché des larmes à la lecture. Mon frère écrivait vrai, sans fioritures. Je suis sûr que le courrier adressé à Gunther était de ce tonneau.

Peut-être la famille Sütterlin a-t elle conservé ses lettres. Je pourrais m'en assurer mais cette démarche m'intimide. Cela ne devrait pas mais je suis fait ainsi. Où qu'il me faille aller, quoi qu'on me propose, ma première réaction est de me dérober par peur saugrenue de paraître importun. Mon passé de moine n'a pas atténué chez moi ce trait de caractère. J'ai même l'impression qu'il l'a aggravé en faisant du renoncement une vertu. Finalement, cette manie de toujours croire que j'ennuyais mon monde a appauvri sottement ma vie. Elle m'a valu un manque énorme du côté de Mutien ainsi qu'une frustration plus générale : celle d'être passé à côté de rencontres importantes. J'enrage aujourd'hui d'investiguer sur de la matière morte, alors que j'avais les protagonistes à portée de main !

Un autre problème me tarabuste. Il a trait à cette boîte en fer décorée d'oiseaux bleus que j'avais rapportée de Dunkerque. Fermée à clé, elle renferme vraisemblablement des secrets que Mutien gardait pour lui. La tentation de crocheter ce coffret se fait de plus en plus pressante à mesure que je progresse dans mon récit. Mais je n'arrive pas à m'arroger ce droit. Combien de temps passé à regarder cette boîte ! Tout à l'heure, il m'a pris l'idée de la soupeser et de la secouer pour le cas où elle recèlerait un objet dur que je pourrais identifier. J'ai entendu un bruit sec sans plus. À quoi pouvait-il correspondre ? Un compas, une clé, un petit couteau… J'ai pensé, j'ignore pour quelle raison, au scalpel avec lequel Gunther taillait ses statuettes miniaturisées. Par un jeu d'associations, a surgi de ma mémoire un bois sculpté assez volumineux que j'avais aperçu dans l'appartement de Mutien sans que m'effleurât l'idée que Gunther pouvait en être l'auteur. Dans mon souvenir, il représentait un personnage en lutte pour sortir de l'emprise d'une sorte d'animal mythologique effrayant.

Je me jetai sur mon téléphone pour appeler Solange. Je lui demandai qui, de la famille, s'était vu attribuer cette œuvre. Elle me répondit que l'artiste n'était pas connu et qu'elle avait donné « ce bazar » comme prix pour la tombola de l'école de sa petite fille.

— Qu'as-tu fait, Solange ! m'écriai-je de dépit avant de raccrocher le combiné avec humeur.

Elle me rappela aussitôt pour savoir quelle mouche m'avait piqué et, là, Dieu me pardonne, je lui ai mitonné sur mesure un mensonge qui dut lui coûter quelques millimètres d'ongles.

Peu charitablement, je le confesse, je lui fis croire que la réplique en bronze de la même sculpture était partie chez Sotheby's pour vingt mille livres sterling. De quoi la liquéfier de convoitise !

Après cet acte impie, je devais m'attendre à ce que Solange revienne à la charge. La sonnerie a retenti comme je l'imaginais et quelle ne fut pas ma surprise d'ouïr la voix douce-heureuse du frère Sébastien qui était de ma communauté monastique. Cela m'a fait du bien de l'entendre et d'avoir par son intermédiaire des nouvelles de mes anciens compagnons. J'ai pu ressentir un courant de bienveillance, là où je m'attendais à un vieux fond de rancœur, mon départ de l'abbaye ayant été brusque et, pour certains moines, inexplicablement blessant.

— J'ai une demande à formuler, me dit Sébastien. J'ai obtenu de notre abbé qu'il m'autorise à me rendre à Dachau où mon père a trouvé la mort en février 1945. Est-ce que cela te dirait de m'accompagner là-bas ? Ce serait l'occasion de nous revoir et, en outre, je crois me souvenir que tu parles allemand…

Mon naturel est revenu au galop et, plutôt que d'embrayer directement sur la proposition de Sébastien, j'ai entrepris mes manœuvres d'esquive en spécifiant que ma connaissance de l'allemand était livresque et que je ne lui serais donc d'aucune utilité. Il m'a invité à réfléchir et nous en serions restés là si je n'avais repensé à ce que je venais d'écrire dans mon cahier sur mes dérobades. Quelques secondes suffirent pour que je recompose le numéro.

— C'est tout réfléchi ! m'exclamai-je. Convenons d'une date et allons-y ensemble !

Après avoir raccroché, j'ai gardé ma main un long moment sur le cornet d'ébonite. Je ne me suis pas vu mais je devais sourire de m'être octroyé cette échappée.

J'ai déployé ensuite la carte de Mutien pour situer Dachau. Il m'est apparu que, moyennant un détour raisonnable, Heidelberg était sur notre route. Pourquoi ne pas profiter du voyage pour retrouver trace de Greta ou de Lieselotte Sütterlin, les petites-filles de Gunther ?

Conforté par tous ces projets, je suis allé chercher une pince monseigneur et un bout de fil de fer dans ma remise et j'ai sorti la boîte aux oiseaux bleus. Après avoir esquissé un signe de croix et balbutié une prière de repentir, je me suis mis à fourrager dans la serrure.

Le téléphone m'a surpris en flagrant délit d'effraction. Solange avait récupéré la statue pour cinquante mille francs. Confronté à l'énormité de mon mensonge, ce sont mes ongles et non les siens qui en prirent un coup.

25

Nous empruntâmes la route de Mannheim un dimanche et Mutien, par voix de cloches, me trouva une messe avant que je ne la réclame dans une église qui avait essuyé des bombardements. Ce jour-là, il faisait pluvieux et venteux, et mon frère prit froid. Fébrile, il accepta la proposition de Gunther de voyager sur l'étroit chariot bâché qui avait remplacé le lourd plateau que Gaillard tirait depuis qu'il avait quitté la ferme. Avec nous, Walter aux rênes et le gros Heiner qui rentrait à Ulm. Démobilisé pour raison de santé, Heiner était resté nazi dans la fibre comme au premier jour, incorruptible. Soignant sa mise à pied de la Waffen SS à l'alcool de contrebande, il se mit en devoir de rétablir Mutien par la même médecine. La posologie fut outrepassée car mon frère s'effondra en plein traitement et s'endormit pour ne se réveiller que le lendemain matin.

Passant de l'état fiévreux à l'état pâteux, Mutien mit une pleine journée pour dessoûler. Nous roulions vers Heidelberg et j'eus tout le loisir d'observer Gunther qui, adossé à la ridelle sur l'arrière de la charrette, me faisait face. Aux prises avec un morceau de bois, il sculptait une petite madone avec un fin couteau qu'il affûtait sans cesse sur une pierre douce. Enveloppant son ouvrage, il paraissait crispé, voire préoccupé. Par moments, son regard s'échappait dans le lointain du ciel et je fixais ses yeux dont j'aimais depuis le premier jour la caresse bleue. Je le sentais ailleurs, prisonnier de ses pensées. La route défilait tour à tour grise ou ensoleillée.

Dans l'après-midi, Flügel monta jusqu'à nous en tenant son lipizzan par la bride. Il échangea quelques mots avec Gunther qui descendit de la charrette. Ils marchèrent côte à côte une heure au moins.

Jörg Anton Flügel était un officier modèle du IIIe Reich, un de ces soldats irréprochables qui aurait dénoncé son fils pour une cerise maraudée. D'une rectitude à toute épreuve, il a respecté scrupuleusement les ordres donnés, remis au bon bureaucrate les dossiers dont il avait la charge sans céder à la moindre pression. Sa mission accomplie, il s'en est référé à ses supérieurs qui l'ont envoyé sur le front de l'Est où il est mort impeccablement.

Je ne peux pas dire que j'aimais Flügel. Il était trop rigide pour moi et, au risque de te faire sourire, trop « allemand ». Il faut des failles, des fragilités pour être aimé des hommes et Flügel n'en avait pas ou tout le moins ne les montrait-il pas. Pour moi, ce sont des personnages comme lui qui ont été l'huile et les roulements de la grande machine nazie. De parfaits technocrates animés du « bon sentiment » d'appartenir à la bonne nation, des hommes de devoir inflexibles ou bornés. Je garde en mémoire la dernière conversation que j'ai eue avec lui le jour de mon retour à Heidelberg. Il avait besoin de se confier à quelqu'un, de raconter son enfance, les grandes fêtes de famille, la Bavière où il avait vécu ses jeunes années en harmonie avec la nature. Il m'a parlé de son épouse, de ses trois filles qu'il avait quittées adolescentes et qui étaient nubiles à présent. J'ai pensé à mes trois fils éclatés sur trois fronts, au regard qu'ils porteraient sur moi à leur retour. Otto, je le savais, ne me ferait pas de quartier et j'étais presque à espérer qu'il soit mort pour ne pas entendre ses reproches.

Flügel m'a quitté en me prévenant froidement qu'il n'allait pas faillir à son devoir, autrement dit qu'il ne manquerait pas de communiquer le dossier me concernant à la Kommandantur d'Heidelberg et que j'étais prié de me tenir à disposition des autorités militaires. Après ce coup de bâton, il m'a félicité pour ma collaboration et m'a souhaité bonne chance.

J'ai repris ensuite ma place sous les arceaux bâchés. Chemin faisant, je buvais ma disgrâce et, dès que je rencontrais un lieu qui m'était familier, j'entendais battre mon cœur. Un moment, nous sommes passés devant une auberge où nous avions célébré quinze ans plus tôt les fiançailles de Dieter avec Hanna Sternberger. Plus loin, nous avons longé la propriété d'une grande amie de ma femme. Je me suis tenu en retrait pour que personne ne me voie.

Plus que toutes les autres, cette dernière étape m'a ramené à moi-même, à ma vie de couple qui, sans être exaltante, n'en était pas moins harmonieuse. Comment allions-nous vivre et vieillir ensemble après cette fracture ou, plus justement, est-ce qu'une vie était encore possible après avoir été si loin dans l'impardonnable ?

Et c'est là que tu es revenu à la charge. Tu voulais t'assurer que Gaillard te serait bien restitué le lendemain et tu négociais la charrette pour remplacer le lourd plateau qui avait été largué quelque part sur la route. Tu étais dans tes projets insensés et moi dans un tel état d'abandon que j'ai cédé sans discuter à chacune de tes requêtes. J'ai bien vu à ton air que tu criais victoire. De mon côté, je savais pertinemment qu'une fois privé de la protection du convoi, Gaillard était perdu.

26

J'ai crocheté le petit coffre de Mutien. Cela m'a valu mon pesant d'émotions. Armé de mon fil de fer, je transpirais comme une bouilloire. J'avais tiré mes rideaux mais cela ne m'empêchait pas de relever la tête toutes les dix secondes pour m'assurer que j'étais bien seul. Quand j'entendis le déclic de la serrure, je n'ai plus bougé. Au bout d'un moment, je me suis levé et, m'épongeant le front, je me suis rendu dans mon bureau pour me confronter à la photo de Mutien. Face à lui, j'ai cherché un signe d'approbation dans son regard. Je suis revenu à la boîte et, après m'être signé machinalement, j'ai soulevé le couvercle. Un coup d'œil furtif sur l'envers d'une enveloppe en haut de la pile m'a suffi pour comprendre. J'ai refermé tout aussitôt le petit coffre et je suis resté immobile pour de longues minutes à ruminer ma découverte.

Ce que je venais d'apprendre était incroyable. J'ai même fini par rire devant mon indécrottable naïveté. Comment ai-je pu passer à ce point loin de la vie de mon frère pour ne pas percer pareil secret ? Et, réciproquement, pourquoi ce dernier ne nous a-t-il jamais rien dit de son « commerce » avec l'Allemagne ?

Sous le choc de cette révélation qui m'est tombée

dessus de façon aussi abrupte qu'inattendue, j'ai eu besoin de changer d'air, d'aller vers mes semblables, de sortir de ma sphère. À mille lieues de l'intention d'éventer quoi que ce soit, j'ai appelé Damien – l'aîné des garçons dans notre famille. Il m'a accueilli gentiment au téléphone et, quand je lui ai proposé une visite impromptue, il m'a mis à l'aise en se disant ravi de mon initiative.

Ma belle-sœur assistant à un cours d'art floral, nous sommes allés manger tous les deux dans un restaurant grec qui venait d'ouvrir à deux rues de chez lui. Nous avons parlé à bâtons rompus de l'un ou de l'autre et j'ai pu le sonder sur Mutien pour m'apercevoir avec soulagement qu'il n'était pas plus au courant de ses intrigues que je ne l'étais avant cette journée. Damien a profité de ces retrouvailles pour me poser des questions sur le bouleversement qu'avait connu ma vie. Je suis d'abord resté évasif pour tirer finalement à boulets rouges sur l'hypocrisie d'une structure avec laquelle je m'étais retrouvé en totale discordance.

— L'Église est passée maître dans l'art de galvauder le message évangélique. Il a fallu la mort de notre mère pour que je me rebelle contre ses jeux de pouvoir et d'humiliation, que je parte ! ai-je déclaré de façon brutale.

Mon frère a embrayé sur le poids parental qui dans mon cas avait été plus que déterminant. Il m'en apprit de belles sur mon père et ses coups de colère. La mort, il est vrai, ne garde des êtres chers que la part aimable. Le reste est donné à l'oubli. Ainsi, il m'a fallu ce souper avec Damien pour que me parvienne une anecdote qui se produisit deux mois avant le décès de notre père, une pénible histoire d'incendie dans un fenil dont Mutien fut tenu pour responsable et qui lui valut, outre une volée de coups de ceinture, l'impardon du délit.

— Tu n'es plus mon fils. Je te renie ! avait dit mon père pour passer sa rage.

Le destin avait voulu que la relation avec mon frère se stigmatise sur cet irrattrapable rejet.

Plus tard dans la soirée, la conversation a tourné autour de nos occupations respectives. Damien m'a montré de magnifiques photographies dont il était l'auteur, une passion qui occupait ses loisirs après une carrière de juriste bien remplie. De mon côté, j'ai raconté la reconstitution que je faisais de mon escapade avec Mutien. Alors que je relatais les violences dont j'avais été témoin durant les quarante jours que dura notre fugue, il m'arrêta avec une de ses formules dont il avait le secret :

— Tu n'as pas à chercher plus loin !

Je l'ai regardé sans comprendre.

— Après ce bain de sang, poursuivit-il, je ne m'étonne pas que tu te sois amputé du monde.

Et de me faire grâce d'un récapitulatif sur mon repli monastique qui résultait cette fois autant de l'influence familiale que d'une confrontation trop précoce avec la brutalité des hommes.

— Là où Mutien a toujours eu de la corne, tu en es toujours à te fabriquer de l'épiderme ! conclut-il avec emphase.

Coutumier des grandes sorties de Damien, j'ai préféré le laisser discourir et lui donner l'impression agréable de m'avoir été utile.

Nous nous sommes quittés en nous promettant de nous revoir plus souvent. Je suis rentré satisfait de mon escapade. De retour chez moi, j'ai relevé un message du frère Sébastien. Le voyage se concrétisait de son côté et il me proposait un éventail de dates pour que je fasse mon choix.

Un second message m'informait de la venue prochaine de Solange avec la renommée statue de Gunther Sütterlin : du souci en perspective. Vin grec à l'appui, j'avais l'âme insouciante ce soir-là, et si j'étais dans de beaux draps avec mon mensonge, j'ai passé dans mon lit monoplace une nuit de rêve.

Je suis retourné ce matin au coffret. C'était plus fort que moi. J'en ai sorti le contenu – des lettres, des pochettes de photos, des articles de journaux, quelques menus objets qui, à l'exception d'un anneau d'or et d'un pendentif, n'avaient de valeur qu'aux yeux de Mutien. Au bout d'un moment, j'ai tout remis en place et refermé une nouvelle fois la boîte.

J'ai beau brûler de curiosité, je me fais un point d'honneur de respecter ces documents d'ordre privé qui traitent d'un passé sentimental sur lequel je n'ai aucun droit de regard.

Après cette nouvelle intrusion, je suis retourné à ma table sans plus savoir comment poursuivre mon récit. Ma journée serait passée à la trappe si Sébastien ne m'avait recontacté pour finaliser son pèlerinage à Dachau. Je me suis surpris une nouvelle fois car j'ai choisi la date la plus proche parmi celles qu'il me proposait pour notre départ :

— Mardi prochain, ai-je dit. Je passe te prendre à la gare du Midi.

Vers cinq heures, Solange s'est annoncée avec la sculpture. Elle avait mené son enquête et n'avait relevé aucune œuvre d'un Sütterlin parmi les pièces mises aux enchères chez Sotheby's durant les cinq dernières années.

— J'ai sans doute confondu avec l'écriture du même nom, fis-je la mine contrite.

— C'est pas ça qui arrangera mes affaires. Robert est furieux. Déjà qu'il ne me parle plus qu'un jour sur deux !

J'ai essayé les plates excuses. Sans succès. J'ai tenté la persuasion, prétendant que cet artiste exceptionnel serait tôt ou tard reconnu et qu'à la place de ma sœur je me féliciterais d'avoir parié sur un aussi bon cheval. Cet argument m'a desservi et je n'ai pu être quitte de Solange qu'après l'avoir dédommagée des cinquante mille francs investis dans le rachat de l'œuvre.

Une fois seul, j'ai sorti la statue de son carton. J'étais furieux autant que morose de ce mauvais plan qui m'avait entraîné dans une dépense somptuaire dont j'aurais pu me passer. Déballée sans joie, j'ai relégué mon acquisition sur un coin de meuble le temps de cuver ma bévue.

Le lendemain, elle m'appelait et je l'ai prise pour la poser sur la table dans un rayon de soleil. Je l'ai fait tourner sur son embase et cela m'a ramené à la plénitude qui m'avait envahi le jour où Gunther m'avait donné la traction avant ou la réplique de Gaillard.

Ce personnage d'enfant s'arrachant à l'emprise d'un

arbre Minotaure avait du Mutien dans la rébellion. Gravé sous le socle, le vers d'Hölderlin « *Komm ins Offene, Freund* », « entre dans l'espace ouvert, ami », m'a laissé songeur.

27

Le 25 septembre en fin d'après-midi, la charrette tirée par Gaillard se détacha du convoi pour bifurquer vers Heidelberg. Sur le banc du cocher, Walter et Mutien. Dans l'habitacle, Gunther et moi-même. L'amicale exubérance des derniers soldats au moment des adieux céda le pas à une atmosphère de recueillement que ponctuait le martèlement régulier des sabots de Gaillard. Nous entrâmes dans la ville et j'ai aussitôt aimé la rivière, la vallée, le sentiment de paix qui émanait de cet endroit. Épargnée par les bombardements, Heidelberg bouclait son lundi et se préoccupait de la fermeture de ses boutiques sous l'œil rosé de sa forteresse. Les étals des bouchers et des boulangers étaient presque vides. Des gens circulaient dans les rues et il y avait de la buée aux vitres des tavernes.

Au milieu du monde, un homme de haute taille, amputé d'une jambe au niveau de la cuisse apostropha Walter. Il tenait ses béquilles de bois resserrées sur son pied valide et cette position lui donnait l'apparence d'un échassier s'adonnant à la pêche. Une courte conversation s'ensuivit. Walter rit à plusieurs reprises aux saillies de son interlocuteur. Il se retourna même sur moi et je compris à son sourire édenté que je n'étais pas étranger à son élan de bonne humeur.

Nous sortîmes du cœur de la cité pour aller vers les faubourgs. Mutien qui tenait les rênes suivait les indications de Gunther. À un moment, on lui demanda de ranger le chariot sur l'accotement. De part et d'autre de la rue, des maisons cossues sises au milieu de vieux jardins.

Notre ami descendit de la charrette, rassembla son paquetage tandis que Mutien pour se donner contenance s'emparait d'une brosse et se mettait à étriller Gaillard.

Poussant une barrière en bois du genou, Gunther suivit le sentier moussu qui menait à sa demeure, une coquette maison de style bavarois avec des balcons ouvragés en pin et des planches de rives à festons.

Il se trouvait à mi-chemin lorsqu'une dame élancée au volumineux chignon gris apparut sous le porche. D'où je me tenais, je ne perdis rien de leurs retrouvailles et, si je ne remarquai ni empressement ni exaltation dans la façon dont le couple s'aborda, je ressentis de la tendresse dans le baiser qui scella le retour.

Une femme plus jeune et deux filles qui n'étaient pas loin d'avoir notre âge les rejoignirent. Après d'affectueuses accolades, Gunther fut déchargé de son sac et acheminé à l'intérieur de sa maison. Walter et Mutien poursuivirent ensemble la toilette de Gaillard et je fus commis au démêlage des paturons.

Au bout d'une demi-heure, une ravissante demoiselle d'une blondeur d'infante vint nous convier à la table familiale. Nous nous regardâmes tous les trois. J'avais faim et j'appréhendais une réaction négative de la part de Mutien qui rangea son étrille et emboîta le pas de notre hôtesse.

Nous fûmes accueillis par Mme Sütterlin. Mouchoir à la main, elle essuyait d'un œil à l'autre d'insistantes petites larmes. Malgré des efforts consentis pour donner le change, Gunther nous parut ébranlé lui aussi. Il nous présenta distraitement à ses petites-filles, Greta et Lieselotte, puis nous oublia pour s'entretenir avec ses proches d'un événement douloureux devant lequel il demeurait incrédule. En dehors de Walter et de mon frère que l'appétit stimulait, toute la tablée en avait gros sur le cœur.

Son repas avalé, le palefrenier remercia ses hôtesses avec force gesticulations et je lus de l'inquiétude dans les yeux de Mutien.

— Walter habite à la sortie de la ville, s'empressa d'annoncer Gunther, je vous laisse le choix entre une nuit sous la bâche du chariot ou une nuit dans une vraie maison avec une salle de bains et un vrai lit.

J'ai prié la Sainte Vierge en voyant mon frère hésiter. Sans prendre en compte le confort proposé, nous étions repoussants de crasse.

Klaus était le fils qui me ressemblait le plus. Il enseignait la littérature, aimait les poètes. Il jouait du violoncelle avec brio à ses moments perdus et faisait partie d'un quatuor de bonne réputation. Des trois, il était le seul à ne pas s'être marié, par idéalisation de l'amour plus que par insuccès… Enfin ! C'est mon sentiment. J'ai appris sa mort de la bouche de ma femme à mon retour de guerre. Je redoutais un malheur mais pas celui-là. Le destin s'ingénie à surprendre. Avec Klaus, il m'a cloué au sol. Je ne t'écris pas cela pour me dédouaner de quoi que ce soit. Simplement t'expliquer pourquoi je n'ai pas pris à bras-le-corps le problème du rapatriement de Gaillard comme je me l'étais promis. Le plan que je projetais vous aurait évité bien du chagrin pour autant, bien sûr, que tu t'y sois soumis, ce qui était loin d'être gagné avec une bourrique comme toi.

Je te signale que j'ai mis ton butin en lieu sûr. Il reste bien sûr à ta disposition. Je ne te dis pas ma surprise quand Hanna m'a apporté ce pesant baluchon où tu dissimulais le fruit de tes rapines. Sans me pencher sur le bien-fondé de cet acte de résistance, ni émettre de jugement, je crois que tu m'as gratifié là du cadeau le plus embarrassant que tu pouvais me faire. J'ai tout sauf une âme de receleur.

Pour clore ce chapitre, je tiens à te dire que j'ai été touché par cette marque de confiance. Après avoir été confronté tout au long de la route à ton esprit d'indépendance et à ta haine de l'Allemand, je ne m'attendais pas à ce geste de ta part.

28

Je suis allé chercher Sébastien à la gare mardi soir. Je lui avais proposé ma voiture pour nous rendre à Dachau et je l'avais invité à loger chez moi afin de partir aux petites heures le lendemain. Cela faisait sept ans que je n'avais plus été en relation avec lui, et j'ai eu chaud au cœur de le revoir. Je l'ai retrouvé pareil à lui-même, inchangé, à croire que la vie monastique est un remède au vieillissement. J'ai envié sa sérénité, ses yeux attentifs qui arboraient l'évidence plutôt que le doute, sa mine bonhomme qui souriait inaltérablement à la vie.

Nous avons passé une soirée agréable à évoquer notre passé commun. Il m'a interrogé sur mon quotidien et je lui ai parlé avec enthousiasme de la place d'enseignant que j'ai décrochée voici cinq ans après une longue période de piétinements mélancoliques et du plaisir que j'avais découvert à côtoyer les jeunes, aborder avec eux des matières aussi différentes que l'allemand, le solfège et… la religion. Il m'a aussi raconté l'arrestation de son père en 1942.

La Gestapo avait fait irruption de nuit dans la maison familiale. Sébastien était âgé de dix ans à l'époque. Dans son souvenir de petit garçon, l'image d'un feldgendarme bardé de métal qui avait poussé la porte de sa chambre, tourné l'interrupteur et qui l'avait regardé un instant avec un sourire attendri avant de se retirer.

— Il a eu la vision de ses enfants en me voyant, me dit-il.

— Il t'a privé d'un père, ai-je répondu à brûle-pourpoint.

Geste d'impuissance, mains ouvertes et regard tourné vers le ciel accompagneront un « *scriptum est !* » péremptoire.

Nous avons ressuscité cette époque et la manière dont nos mères respectives avaient réagi à ces coups du sort. De mon côté, mon père nous avait été ramené et le deuil avait pu prendre cours sans délai ; du côté de mon compagnon, trente ans s'écoulèrent avant qu'un cousin qui travaillait pour la Croix-Rouge ne tombât sur l'acte de décès d'Évariste Collard provenant de Dachau. Sébastien m'a montré le document qu'il avait avec lui. Ce formulaire en bonne et due forme mentionnait noms, âge, date d'arrivée au camp, date et cause de la mort du prisonnier… Le verso de la feuille concernait un Russe de trente-quatre ans, originaire de Rostov-sur-Don, victime du typhus. On veillait à l'économie du papier dans la bureaucratie nazie.

Notre conversation m'a immanquablement renvoyé à Mutien disparu en mer depuis six années et au choc qui serait le mien si pareil document arrivait un jour entre mes mains.

— Il y a l'espoir qu'on tue, il y a l'espoir qu'on traîne, ai-je dit.

Entre autres questions, j'ai demandé à Sébastien la raison qui le poussait à faire ce pèlerinage au jour d'aujourd'hui alors qu'il détenait ce papier depuis des années.

— J'ai exactement l'âge de mon père au moment de son départ. Le temps qu'il me reste de vivre, il n'en a pas bénéficié. J'ai besoin de faire ce bout de chemin avec lui, d'être de ses dernières épreuves, de ses derniers pas, de comprendre. Cela redonne du sens à ma vie autant qu'à la sienne.

J'ai acquiescé.

Le jour pointait quand nous avons quitté Waterloo. Une brume très fine détachait les maisons du sol et déracinait les arbres. Nous étions comme ces maisons et ces arbres, suspendus.

Aujourd'hui guide alors que j'avais été mené par Mutien lors de notre escapade, j'avais pris la liberté de choisir mon itinéraire en fonction du passé, espérant, dans ma naïveté, reconnaître le pays que j'avais traversé. Pris dans le flot impétueux des voitures, je n'ai rien resitué si ce n'est la roche rouge rosée du Palatinat ou les vignobles tirés au cordeau sur les versants sud des vallons de cette contrée. Il faisait plutôt beau et j'ai aimé les coups de lumière sur ces régions spacieuses. M'a surpris, en revanche, la gymnastique tranquille d'éoliennes blanches, élans d'un autre monde. La route a défilé et j'ai senti battre mon cœur chaque fois que s'imprimait sur panneaux bleus un nom de ville coché par Mutien.

Vers onze heures, j'ai vu indiqué Heidelberg. Sans le projet de Sébastien, je faisais le détour. Nous nous sommes arrêtés un peu plus loin dans une station-service pour y boire un café. Il y avait des annuaires téléphoniques et j'ai abandonné mon compagnon quelques instants pour regarder par curiosité s'il restait des Sütterlin à Heidelberg.

J'ai cru défaillir lorsque je me suis trouvé face au numéro et à l'adresse d'une Greta Sütterlin qui, avec un peu de chance, pouvait être la sœur de Lieselotte. Mon stylo tremblait quand j'ai noté cette information qui m'arrivait tout droit du ciel. Difficile après cela de ne pas partager mon émotion avec mon compagnon.

— Si tu veux, m'a-t-il proposé, nous nous arrêterons au retour.

Je n'ai pas dit non.

Nous sommes arrivés à Dachau dans le milieu de l'après-midi.

Rendu à la mémoire, le camp m'a paru paisible, oserai-je dire, apaisé. Pris en charge par un jeune historien allemand, nous avons opéré la visite dans le recueillement. Je me suis fait l'interprète de mon ami pour parler de son père et j'ai montré à notre guide le double acte de décès retrouvé par la Croix- Rouge. Manifestement étonné, notre interlocuteur nous a emprunté le document pour le montrer à ses collègues. Il nous a même demandé la permission de le photocopier.

— La quasi-totalité des archives du camp a été détruite au départ des SS, le 26 avril 1945, expliqua-t-il.

Il revint quelques minutes plus tard accompagné d'une autre personne qui nous confirma l'authenticité de ce papier.

Cette rencontre avec ces deux jeunes historiens m'a

ramené malgré moi, par un mécanisme inconscient autant que détestable, aux bureaucrates nazis recensant méthodiquement leurs morts en bons épiciers. J'ai repensé à Gunther et à la différence qu'il faisait entre le pardon et la pitié, et à l'image du raisin vert mangé par les parents dont les dents des enfants sont agacées.

Le soir, nous avons fait étape dans un hôtel. Sébastien était enchanté de sa journée et de l'échange agréable et profond que nous avions eu avec les historiens du camp.

— Ce sont de vrais bâtisseurs de paix ! dit il.

Pour entendre une réponse que je devinais, je lui ai posé la question de la faute. Il m'a ri au nez en évoquant le Congo et les innombrables victimes de la colonisation.

— Là-bas, ajouta-t-il, pas d'actes de décès.

De bon matin, j'ai déposé Sébastien à Dachau, puis je me suis éclipsé pour le laisser à son travail de deuil. Il était convenu que nous repartirions le lendemain tôt et que nous ferions cette fois étape à Heidelberg. Je suis rentré à l'hôtel et, quand j'ai décroché le téléphone, je frissonnais.

29

J'ai composé le numéro de Greta Sütterlin pour lui parler du sujet qui m'occupait et de mon désir de rencontrer sa sœur. Je me suis fendu d'un long préambule en allemand que j'adressai d'un bloc à la voix féminine qui répondit. J'ai compris que l'on me demandait d'attendre et il m'a fallu lutter contre l'envie de raccrocher.

Au bout d'un moment qui me parut interminable, j'entendis de nouveau une voix et je repris mon baratin comme on se jette du plongeoir sans savoir s'il y a de l'eau. J'avais Greta Sütterlin en ligne.

— J'ai croisé votre frère à maintes reprises à la maison, commença-t elle. C'était un jeune homme très séduisant. Ma jeune sœur en était folle ; un sentiment partagé même si Mutien aimait Lotte d'une façon peu orthodoxe. Il est venu la voir souvent. Il en profitait pour discuter avec mon grand-père avec lequel il était lié d'une profonde amitié…

Cachottier de Mutien qui n'avait rien confié de cette idylle. J'ai laissé parler Greta puis ce fut à elle de me questionner. À l'annonce de la disparition de Mutien, elle resta silencieuse un long moment.

— Je ne sais pas si je dois rapporter la nouvelle à Lotte, finit-elle par dire.

— Faites comme bon vous semble.

J'étais ému par cette histoire d'amour dont, jusqu'à ces derniers jours, j'ignorais tout, troublé aussi par ce rôle d'oiseau de mauvais augure que la vie me faisait endosser.

Prisonnier de cet état d'âme, je me serais soustrait à ce rendez-vous avec le passé, comme je m'étais dérobé à l'invitation de Mutien de l'accompagner en mer, si Greta Sütterlin ne m'avait donné l'adresse et le téléphone de Lieselotte qui avait quitté Heidelberg pour s'installer à Worms.

Après cette conversation, je suis sorti prendre l'air. Quand je suis revenu, une demi-heure plus tard, j'ai composé le numéro de Lieselotte. La ligne était occupée. Au bout de plusieurs essais infructueux, quelqu'un décrocha. La voix qui me répondit était délicate et mélodieuse. Je m'apprêtais à me présenter et à expliquer dans mon meilleur allemand la raison de mon appel, quand mon interlocutrice m'interpella dans un français à peine teinté d'un léger accent germanique :

— Vous êtes Belo, n'est-ce pas ? Belo, le frère de Mutien ?

— C'est mon surnom, en effet, fis-je interloqué.

— Ma sœur m'a raconté... Cela me fait tellement triste. Ça ne devrait plus... Depuis le temps... Nous nous aimions si fort... Si seulement vous saviez !

— Savoir quoi ? hasardai-je.

— Non, tenons-nous-en là. C'est du passé. Ces choses n'ont plus d'importance à présent.

— Ma vision est autre et je serais heureux de pouvoir parler de Mutien avec vous, insistai-je.

— Si tel est le cas, il faudra vous déplacer, cher monsieur. Je suis retenue à Worms.

Après avoir expliqué à Lieselotte mon expédition à Dachau avec mon ami, j'évoquai la possibilité qui se présentait à nous de faire étape par Worms le lendemain. L'entrevue accordée, la conversation s'est achevée dans la douceur. J'étais à ce point ému de ces retrouvailles que j'ai reposé le combiné de l'hôtel comme on remet un drap sur l'épaule d'un enfant qu'une nuit a découvert. Je suis resté jusqu'au retour de Sébastien allongé sur mon lit à reconstituer cet élan des cœurs qui avait fleuri dans une plaie infectée par la guerre.

Obsédante, la relation de Mutien et Lieselotte m'a occupé une bonne partie de la nuit. L'assertion de Greta sur la manière « peu orthodoxe » dont mon frère avait embrassé cet amour sous-entendait un déséquilibre au sein du couple ou peut-être une résistance de sa part à aimer et à être aimé. Sûr que sa haine du peuple allemand n'avait pas aidé Mutien à faire vers l'autre ce pas qu'immanquablement elle espérait. Le fait qu'il ait tenu tout le monde à l'écart de son inclination pour Lieselotte est bien la preuve du malaise qui le taraudait.

Ressassant mes pensées, j'ai été envahi de compassion pour cette jeune femme que l'amour jeta dans les bras de mon frère. Je me suis même senti triste et désolé de la peine qu'il lui avait, selon toute probabilité, infligée. Je débordais d'envie de réparer ce dommage de l'âme en même temps que j'éprouvais la nécessité de réhabiliter Mutien dans ses belles qualités d'homme, de mettre dans la balance les élans de grandeur et de générosité qui avaient gouverné sa vie. Comme Sébastien avait initié un rendez-vous d'adieu avec son père et, à cette occasion, s'était nettoyé de sa haine des bourreaux nazis, j'ai décrété le moment venu de remédier à cette faillite sentimentale d'une autre époque. Que mon frère soit en quelque sorte blanchi de sa prise de distance vis-à-vis de l'aimée.

J'ai passé ma nuit à préparer brillamment cette rencontre justifiant l'incapacité de Mutien à pardonner par cette rancœur éternelle que mon père lui avait vouée suite à l'incendie du fenil.

Quand Sébastien a frappé à la porte de ma chambre le lendemain à l'heure blême pour qu'on se mette en route, j'avais tout oublié.

30

L'immeuble moderne où habite Lieselotte Sütterlin est situé non loin du centre de Worms. Un peu plus haut dans la rue, il y a un hôtel où nous sommes descendus, Sébastien et moi.

Je devais être très ému car j'ai égaré mes clés, oublié ma carte d'identité sur le comptoir, mon bagage dans l'ascenseur. Le temps de récupérer mes effets autant que mes esprits, je me suis rendu seul à mon rendez-vous.

En passant devant un fleuriste, j'ai réalisé que j'avais les mains vides et je suis entré pour acheter des roses. Cela m'a fait une impression étrange de quitter ce magasin avec un bouquet dans les bras. La vie ne m'a pas initié à cette forme de galanterie.

Une fois en face du portail vitré de la bâtisse, j'ai repensé à la chaleureuse maison bavaroise où Gunther nous avait reçus enfants. Rien de commun avec cette architecture d'une fonctionnalité glacée. J'ai sonné comme on s'électrocute, me suis présenté à une voix métallique et le bourdonnement d'une serrure m'a autorisé à franchir le pas de l'immeuble. Au troisième, une porte était ouverte. Elle m'attendait.

Apparition que cette jolie personne, d'un blond grisonnant en qui j'ai retrouvé les yeux clairs de Gunther, la lente et précise élocution de Gunther, le sourire bienveillant de Gunther.

— Entrez dans le salon, monsieur. Je vais mettre vos fleurs dans un vase…

La voix me berce et de m'entendre appeler « monsieur » en dit long sur l'état d'intimidation que provoque ma venue.

Je m'assieds en équilibre sur l'arête du canapé. Je goûte ce moment d'attente en observant autour de moi les photos qui sont au mur ou posées dans des cadres sur les meubles. Je me lèverais bien pour m'approcher d'un portrait qui ressemble au grand-père sur le piano droit, près de la fenêtre. Lieselotte revient et dispose le bouquet sur la table basse, entre nous. Ses mains sont fines et ses gestes sont gracieux. Elle prend place ensuite dans un petit fauteuil aux accoudoirs usés, son fauteuil.

— J'ai aimé Mutien, me dit-elle simplement. Il était tout pour moi, toute ma vie.

Et de me parler de cet amour avec une ferveur, une dignité telles que j'en avais les yeux qui se brouillaient.

Nous avons passé l'après-midi en tête à tête à évoquer mon frère et j'en éprouvai une telle émotion que j'en oubliai l'objet de ma visite. J'ai juste réussi à parler de la boîte aux oiseaux bleus avec les lettres en lui proposant stupidement de les lui restituer. Elle a refusé de façon incisive et m'a fait promettre de les brûler.

— En 1960, quand Mutien m'a quittée, j'ai été si malheureuse que je me suis débarrassée de tout ce qui pouvait me rappeler sa présence. C'était cela ou me laisser mourir ! Si seulement il n'y avait pas eu la guerre, monsieur ! C'est elle qui l'a cassé, a-t elle ajouté.

Cette réflexion de mon hôtesse m'a surpris car mon frère ne m'était jamais apparu comme un être brisé. Au contraire, Mutien était un fonceur, un releveur de défis, un gagnant. Rien qui lui fît obstacle. J'ai tenté d'en savoir plus sur cette fracture mais Lieselotte a généralisé son propos au peuple allemand.

— La carapace est bien solide mais il n'y a plus rien à l'intérieur, plus d'âme. Les gens ici ont perdu leur âme.

Je me suis insurgé contre ce constat affreusement pessimiste. Elle m'a souri et dans ses yeux j'ai de nouveau reconnu Gunther.

— Vous avez beaucoup de votre grand-père, ai-je glissé dans la conversation.

Lieselotte a paru surprise mais je suis certain que cette association lui a plu.

Rendu à la rue en fin d'après-midi, j'ai marché plus d'une heure le long du Rhin avant de regagner l'hôtel. J'étais bouleversé et ma conversation avec Lieselotte me revenait par bribes. J'entendais, cognant dans ma tête comme battant de cloche, ces deux questions qui m'avaient déchiré : « Quelle faute ai-je commise ? Qu'est-ce que j'ai mal fait ? » Ou encore ce constat terrible : « Je n'étais pas son ennemie ! »

Si seulement j'avais eu l'idée de lui dire : « Vous avez été magnifique, madame, et je rends grâce au ciel qu'il existe en ce monde des cœurs amoureux comme le vôtre. »

Cette nuit qui s'annonçait légère et propice aux songes a tourné à l'insomnie. Je me suis assis sur ma couche au moins dix fois pour ruminer ce que Lieselotte m'avait révélé du désarroi de Mutien. Certains passages dans la correspondance de Gunther ne faisaient-ils pas allusion à ce mal-être ou à un événement qui m'avait échappé ? Que n'avais-je pris ces lettres avec moi ! Sans la présence de Sébastien, j'aurais bien regagné mes pénates sur le coup de deux heures du matin tellement ce point me perturbait.

Le lendemain, nous sommes repartis comme nous l'avions prévu.

Une fois mon ami reparti pour sa communauté, j'ai sorti une nouvelle fois le courrier de Gunther que j'ai relu d'un autre œil. C'est ainsi que j'ai apporté un nouvel éclairage à des passages que je croyais liés aux vols perpétrés par Mutien : « *Tu n'as rien à te reprocher et tu n'as à rendre compte à personne sur cette terre de ce qui s'est passé.* » Plus loin : « *Je souhaiterais que tu te détaches de ce que tu as fait. Le passé est derrière nous et doit le rester. Le ramener au présent est pure perte pour ta vie.* » Ailleurs : « *En ma qualité d'officier, j'ai traversé des moments terrifiants de barbarie et de cruauté. Sans avoir tué personne, j'ai des morts d'hommes sur la conscience. Sur un plan personnel, j'ai perdu mon fils Klaus et aussi une belle-fille, la femme de Otto qui, d'avoir été violée par les Russes à Dresde, s'est suicidée à l'automne 1946. Je pourrais aussi te parler de Dieter, le père de Lotte et de Greta, que les Américains ont libéré en 1948 et qui traîne comme une épave dans la maison.*

Faut-il arrêter de vivre pour autant ? Un matin neuf est un nouveau prodige et, si je brûle des cierges pour mes morts, je me bats pour construire dans la lumière chaque jour qui m'est donné. »

Dans une lettre datée de novembre 1949, on peut lire : « *Je connais un paquet de concitoyens qui ont moins de scrupules que toi. Il suffit d'aller au temple de Heidelberg le dimanche pour croiser des hommes qui, en temps de guerre, se sont comportés comme des monstres. Tout le monde sait cela et on parle d'autre chose, du temps, des enfants, des prix surfaits, de la pénurie. Au fond, nous sommes très semblables toi et moi, toujours à ressasser ce qu'on a mal fait, ce qu'on aurait pu mieux faire. Quand j'étais préposé à Lyon au dépouillement des lettres de dénonciation, je m'arrangeais pour que du courrier se perde mais, par couardise, je n'ai que trop rarement prévenu des familles juives de la menace qui pesait sur elles. Me hantent tous ces gens que j'aurais pu secourir !* »

Et enfin : « *Je t'ai envoyé un livre. Je gage que tu l'aimeras et que, davantage, il te donnera quelques clés, voire quelques réponses à tes questions. L'heure est aujourd'hui à labourer. Qu'une nouvelle moisson blondisse sur les champs de morts. Tu sais l'affection que j'ai pour toi. Tu sais aussi l'espoir que je nourris de te sentir un jour apaisé et réceptif à l'amour sans réserve qui t'est prodigué. Mes saluts sincères.*

Gunther. »

31

La date du 25 septembre 1944 est demeurée gravée dans ma mémoire non pas à cause d'un événement exceptionnel mais simplement parce que j'ai redécouvert le bienfait d'un lit après avoir dormi près de quatre semaines sur la dure. Dans mon souvenir, même la chambre est restée présente, avec son lambris en pichepin, ses meubles aux découpes rustiques, ses polochons rebondis.

Laissés par Gunther aux bons soins des femmes de la maison, nous pûmes nous briquer et lessiver nos hardes. Rhabillés de propre avec des vêtements sortis d'une armoire empestant la naphtaline, nous redevînmes présentables. La douceur de Mme Sütterlin, la gentillesse d'Hanna, les rires intimidés et complices de Greta et de Lotte, plutôt que de nous retenir à Heidelberg, furent des invites à repartir sans délai sur les routes pour retrouver au plus vite notre îlot familial. La journée du 26 fut mise à profit pour préparer en douce notre départ. Gunther qui subodorait nos plans passa chez Walter pour discuter une nouvelle fois avec Mutien.

— Laisse-moi quelques jours, le temps de me retourner et de trouver un camion !

La détermination de mon frère conjointe à l'abattement provoqué par la mort de son fils lui fit baisser les bras.

— Je ne pourrai t'empêcher d'en faire à ta tête ! soupira-t-il avec amertume. À Dieu va !

Nous attelâmes Gaillard le lendemain, alors qu'il faisait encore nuit, et nous quittâmes Heidelberg qu'incendiait un lever de soleil flamboyant. Mutien me confia les rênes pour se plonger dans ses cartes. Du monde commençait à circuler sur la chaussée et je sentis aux regards qui se portaient sur nous la précarité de notre situation.

Ce que redoutait Gunther ne tarda pas à se produire. À peine avions-nous dépassé Mannheim que trois hommes escaladèrent le chariot par l'arrière. Le plus vieux d'entre eux, une espèce de barrique rougeaude et barbue, sortit un couteau qu'il logea sous la gorge de Mutien. Au bout d'un temps qui nous parut une éternité, il nous obligea à quitter la route pour un chemin latéral. Je ne vivais plus. Plus loin, nous reçûmes l'ordre de nous arrêter et de descendre du chariot. Un des malandrins sortit des liens d'un sac qu'il portait en bandoulière pour nous ligoter tandis que le troisième jeta notre bagage par-dessus bord.

C'est alors que j'aperçus Walter. Il tenait des deux mains un revolver et avait mis en joue le chef de bande en poussant force éructations. Dans l'émotion, il appuya sur la détente et la balle vint érafler le cou du gros homme avant de trouer la bâche. Un hennissement d'outre-tombe de Gaillard fit écho à ce coup de feu. Nos agresseurs s'enfuirent sans demander leur reste. De notre côté, nous rejoignîmes ce brave palefrenier qui tremblait sur ses quilles à en perdre son pantalon. À peine remis de son émoi, il alla chercher son vélo, le hissa dans l'habitacle, nous aida à charger nos affaires pour vider les lieux au plus vite. Nous n'en menions pas large.

Cette leçon fut bénéfique pour Mutien qui accepta la présence de notre sauveur et aborda notre retour sous un nouvel angle.

Je dois reconnaître encore aujourd'hui que l'idée qu'il eut fut lumineuse.

C'est ainsi qu'il décida de ne plus voyager que de jour et d'offrir l'hospitalité du chariot à des voyageurs inoffensifs en transhumance sur notre route. Ce plan nous valut, entre autres, la compagnie de trois nonnettes, d'un jeune couple avec deux petits garçons et un bébé, d'une drôle de petite femme dont la tête était noyée dans un fichu bleu clair et qui, toute muette qu'elle fût, entendait parfaitement le français. À chaque départ correspondaient de nouveaux arrivages.

Cette protection de civils nous permit d'atteindre Kaiserslautern sans encombre et de trouver grâce à nos passagers un endroit abrité où passer la nuit à l'ouest de la ville. Mutien avait repris de l'assurance et employa sa soirée à essayer de convaincre Walter qu'il pouvait rentrer chez lui sans crainte.

— Dans trois jours, nous sommes à Trier. Je ne vois pas ce qui peut encore nous arriver.

C'était parler trop vite.

Aux environs de deux heures du matin, cette nuit du 28 septembre, les sirènes ont miaulé couvrant un grondement sourd qui a progressivement envahi l'espace. Des bombes au phosphore se mirent à tomber, éclairant la ville comme en plein jour. Le feu embrasa des immeubles tandis que la population se précipitait dans les abris. Me prenant dans ses bras, Walter se mit à courir. Chaque seconde était une explosion et des flammes. Le bruit était assourdissant. Nous nous précipitâmes avec des centaines de gens vers un escalier qui descendait sous terre. J'avais perdu Mutien et je l'appelais de toutes mes forces. Walter me confia à la jeune femme au fichu bleu clair pour partir à sa recherche. Effondré, j'ai vidé toutes les larmes de mon corps contre le sein de cette inconnue. Déflagrations, sifflements, vrombissements, effondrement de murs ne suffisaient pas. L'air commença à nous manquer. De panique, des hommes et des femmes regagnèrent la surface pour aussitôt s'arrêter devant la mer de feu qui recouvrait leur ville.

Au bout d'une heure, les bombardiers se sont retirés, leur impitoyable mission accomplie.

J'ai bien dit « impitoyable ».

32

Je sais que je joue sur les termes du contrat mais je diffère de jour en jour la promesse faite à Lieselotte de brûler ses lettres d'amour. Tout ce que je cherche se concentre dans cette boîte. J'en suis sûr ! J'enrage de vivre à portée de la source et d'être interdit d'en boire l'eau. Au fond, pourquoi suis-je en train de parler d'interdiction.

Je n'aurais jamais dit cela il y a une semaine mais une nouvelle donne émerge aujourd'hui dans ma vie. Elle résulte de notre rencontre à Worms et d'une conception biblique qui remet le destin d'une veuve entre les mains du frère du défunt. Qu'est-ce que je raconte ? Ne suis-je pas en train de perdre la tête ? Il est vrai que, depuis mon retour de voyage, j'éprouve un sentiment qui m'était jusqu'alors inconnu. Comme si la bulle dans laquelle j'avais enfermé ma destinée se fissurait. Qu'ai-je au fond véritablement vécu dans mon existence ? Je parle de la guerre que j'ai vue par la lorgnette de l'enfance, je m'arroge le droit d'évoquer rien moins que le mal-être allemand du lointain de ma belgitude ouatée et bien-pensante, je thésaurise dans une boîte en fer-blanc les éclats d'un amour brisé, d'un amour sublime, moi qui me suis détaché des turpitudes humaines.

À force d'idéaliser, n'ai-je pas fini par fermer les yeux sur ce que mes sens m'invitaient à explorer ? Et si le péché contre la chair était de mépriser la chair ? Je digresse. Non, je ne digresse pas. Je suis au cœur de l'arbre. J'ai toujours eu une tendresse sans bornes pour Mutien, je l'ai toujours porté aux nues sans arrière-pensées et me voilà jaloux de lui. Oui, bêtement jaloux de ce frère qui a réussi à faire des succès de tous ses échecs. Ses désastres sentimentaux, ses entreprises hasardeuses et même sa mort ont été des réussites sans précédent. On ne peut pas mieux rompre, mieux échouer, mieux disparaître qu'il ne l'a fait !

Je suis en colère. Pas contre lui mais contre moi et, là aussi, je me bute à une sensation nouvelle, inexplorée. Elle touche à ce que je n'ai jamais pu dire parce que je n'osais pas. Rester dans le catholiquement correct aura été ma devise. Alors j'écris « MERDUM » en majuscules. Merdum d'être ce béni-oui-oui de Belo. Merdum d'être ce linceul transparent au travers duquel Lieselotte a redessiné les traits de Mutien. « Faites-moi le plaisir de brûler mes lettres », m'a-t-elle dit de sa voix délicieusement courroucée. J'aurais aimé entendre : « Conservez ces lettres au cas où elles auraient aussi été écrites pour vous. » Ou mieux encore : « Lisez-moi, c'est le plus haut chant de mon cœur. »

Béance que tout cela ! En dehors de ma mère, indétrônable, qui me serrait contre elle et dont je chérissais la caresse, il m'est arrivé une seule fois de m'abandonner à l'étreinte d'une femme. C'était la nuit du 28 septembre 1944, durant le bombardement de Kaiserslautern. Une voyageuse au fichu bleu clair, prénommée Jeanne, à qui nous avions proposé le matin même une place dans notre chariot et avec laquelle je fis corps au plus fort de ma peur et de mon chagrin. Jeanne tondue sous son fichu bleu clair par les justiciers anversois pour crime d'amour, l'égarement d'un chant. « Hermann, ne me laisse pas seule », balbutiait-elle sous les bombes.

Dans ses bras, j'étais à la fois l'amant, le fils rêvé, peut-être aussi l'enfant avorté de cette expatriée du cœur.

Je me souviens, le bruit était assourdissant et elle a pressé ses mains sur mes oreilles pour les protéger.

Une fois les avions repartis, hués par les sirènes, nous restâmes soudés l'un à l'autre, entrelacés tandis, qu'autour de nous, l'abri se vidait en cris et en piétinements. J'ai respiré cette peau au goût un peu aigre et son odeur m'a paru le plus doux des parfums. Ensemble, nous nous sommes extraits du tunnel en toussant et ce fut pour nous une nouvelle naissance. Les poumons qui cherchent l'air, la lumière qui agresse, la violence du monde. Jeanne titubait.

Dehors, il neigeait de la cendre et le feu qui courait de maison en maison éclairait un désordre de foule au milieu de laquelle je fus bien incapable de reconnaître Mutien ou Walter tant les yeux me piquaient. Jeanne me tira par la main hors de cette fournaise. Je me laissai emmener sans résistance. Par deux fois, nous sommes tombés d'avoir été bousculés. Sortis du périmètre sinistré, des hommes et des femmes nous prirent en charge et nous fûmes acheminés dans un grand hall reconverti en dortoir. J'avais la gorge qui brûlait. On nous donna à chacun une boisson et une couverture militaire. Jeanne choisit un petit espace entre deux masses sombres pour nous étendre et je me blottis à nouveau contre elle. J'ai perdu conscience sur un sanglot tandis qu'elle me murmurait à l'oreille :

— Console-toi, petit homme. On le retrouvera ton frère.

33

Au lendemain d'une journée de recherches en périphérie de la zone bombardée, j'ai suivi Jeanne dans les ruines encore fumantes de cette partie de ville que les Alliés avaient anéantie.

Nous évoluions au milieu des rêves en berne, des accents de rage, des accès de découragement. Sillonnant une à une les rues dévastées avec l'espoir d'y retrouver Mutien et Walter, nous avons bien tenté de situer l'endroit où nous nous étions arrêtés la veille au soir mais sans succès. Plus de trace non plus du chariot et de Gaillard.

Quatre heures de recherches infructueuses nous poussaient à imaginer le pire quand j'aperçus, assis sur un muret la tête basse, Walter.

Le brave homme était désemparé. Il nous accueillit en ouvrant d'impuissance deux mains sales, ensanglantées. Jeanne se fit l'interprète de ce qui s'était passé, la course au milieu des bombes, le brabançon qui traverse la ville au galop avec Mutien accroché à ses harnais comme drapeau à sa hampe, un immeuble qui s'effondre pendant ou après leur passage, l'incertitude.

Je suis resté avec Walter à arpenter les décombres. De son côté, Jeanne qui n'excluait pas l'hypothèse que mon frère avait été blessé préféra poursuivre ses recherches du côté des hôpitaux et des dispensaires de fortune.

Elle nous revint à la nuit tombante le sourire au visage.

— Il est sauf mais les médecins veulent le garder en observation jusqu'à lundi.

J'eus à peine le temps de demander à voir Mutien qu'il surgissait la tête ceinte d'un bandage clair.

— J'ai lâché Gaillard ! dit-il.

Je le sentis désemparé et son désarroi me submergea.

Sans prendre en considération notre sentiment d'abandon, Jeanne, bonne protectrice, incita mon frère à réintégrer de suite l'endroit où il avait été soigné.

— Tu as perdu conscience... Le docteur a bien insisté... On ne plaisante pas avec une commotion, argumentait-elle.

Devant la réticence de Mutien, elle tenta bien de le tirer par le bras pour le ramener au dispensaire mais il se dégagea violemment.

— Je t'interdis de me toucher ! cria-t-il.

Échaudée, la jeune femme se replia et se mit en boule un peu plus loin. La lumière qui attisait ses traits s'était évanouie.

Nous cherchâmes Gaillard toute la journée du lendemain. En questionnant une bande d'enfants de notre âge, nous fûmes mis sur la piste d'un cheval de trait, alezan doré, qui avait été capturé après le bombardement et mis à l'abri dans un garage. Menés sur place, nous fûmes surpris de voir un attroupement.

Mutien se fraya un passage pour voir de quoi il retournait et je le suivis. Abattue puis débitée à la sauvage, une pauvre jument n'était plus qu'un éparpillement d'organes et de membres sanguinolents. Cette vision de cauchemar ne fut pas sans nous rappeler les mises en garde de Gunther sur le sort des chevaux égarés dans un pays criant famine.

Raisonné autant par Jeanne que par Walter, mon frère prit à contrecœur la sage décision de rentrer chez nous. Je dois avouer que j'en fus soulagé. J'étais à bout de forces sans compter que le temps s'était refroidi et que, dans cette ville coupée de tout approvisionnement, nos estomacs criaient famine.

Dans la perspective de notre retour imminent, la débrouillardise de Mutien fit une nouvelle fois merveille. Des ruines d'un magasin de cycles, il sortit quatre vélos neufs équipés de freins torpédo et de changements de vitesse dernier modèle. Luxe suprême, le mien était à ma taille.

La nuit du dimanche couvrit notre fuite de Kaiserslautern. Walter qu'aiguillonnait la mauvaise conscience de monter une bicyclette volée pédalait en danseuse comme s'il rissolait dans le chaudron du diable.

Hors de la ville, un brave fermier en passe d'aller se coucher nous offrit l'hospitalité de son écurie. Nous dormîmes sur des claies au-dessus des chevaux.

Triste réveil par un jour gris d'automne et dans un lieu qui remuait dans la plaie le fer de notre désappointement.

Mutien qui se refusait à l'échec de son entreprise se mit en tête d'aller de ferme en ferme fort de la conviction que Gaillard était sorti de l'aire bombardée et avait été récupéré. Walter plia sous son autorité, Jeanne céda à son charme et moi, après bouderie, je n'eus d'autre choix que de suivre une fois de plus le mouvement.

Deux jours de démarches infructueuses eurent raison de cette dernière tentative.

Mon frère était anéanti. Je me souviens d'un moment où il disparut. Inquiets, nous sommes partis à sa recherche, l'avons appelé sans qu'il réponde. C'est moi qui le trouvai. Il était assis dans l'herbe, tête basse entre ses jambes repliées. Je me suis approché sans bruit, me suis installé à ses côtés et j'ai posé délicatement mon bras sur ses épaules. Je redoutais qu'il me repoussât. Au lieu de cela, tout son corps fut secoué d'un long sanglot silencieux. Comme il m'a plu de le consoler !

34

Mercredi, adieux furent faits à notre ami palefrenier qui reprit le chemin de Heidelberg tandis que nous nous enfoncions vers l'ouest en direction de Trier. Nous crevâmes à plusieurs reprises et Mutien se chargea des réparations sans piper mot. Son visage restait marqué par la déception et je le sentais à un doigt de basculer. Jeanne aussi n'en menait pas large, sa folle échappée derrière l'élu de son cœur ayant tourné court. Assise en position fœtale à chaque arrêt, elle était au milieu de nulle part. Quant à moi, j'ose à peine l'écrire, mais, avec ou sans Gaillard, je revivais à l'idée d'enfin rentrer à la maison, de retrouver maman, l'école, mes frères et mes sœurs.

Avant de remettre le pied sur notre mère patrie, je me mis en tête de poser, moi aussi, un acte héroïque de manière à ne pas trop démériter de Mutien qui pouvait rentrer tête haute, sa guerre bien menée. Fidèle à la voie tracée par mon frère, je pensai d'abord perpétrer de nuit mon action punitive contre l'ennemi. Mon projet fit cent mètres apeurés puis me ramena au premier bruit suspect sous l'infâme couverture militaire qui avait remplacé la laineuse pelisse parentale. Mes prétentions revues à la baisse, je décidai d'œuvrer de jour. Une halte obligée dans une petite ville du Palatinat pour une affaire de rustines et de colle me donna l'opportunité de mettre mes plans à exécution. La victime de mon choix : une énorme charcutière qui, affairée sur un moulin à viande, tournait le dos à son comptoir. L'objet du délit : un chapelet de saucisses enroulé autour d'un cône de métal et exposé dans l'étal marbré de la boutique. Le larcin fut commis en quelques secondes et j'eus bien de la chance de n'être poursuivi que par les vociférations de la dame et la menace de son tranchoir. J'étais secoué d'un rire nerveux quand je rejoignis mes comparses harnaché de mon butin comme d'une étole sacerdotale. Mutien salua ce haut fait d'armes. J'aurais détruit un char à l'explosif que je n'aurais pas été moins fier.

En fin de journée, nous allumâmes un grand feu et, si tout le monde se régala, je dus me forcer pour manger, mon jeune fond d'honnêteté faisant barrage. Aujourd'hui encore, je ne peux pas voir un chapelet de saucisses sans penser à ma grosse charcutière. Comme quoi, la mauvaise conscience est à la mémoire ce que la bulle est au plan d'eau. Elle remonte toujours à la surface.

Alors que nous étions passés sans encombre un mois plus tôt, il nous fallut toutes les ruses pour franchir la défense allemande. Des postes s'étaient multipliés sur la frontière pour empêcher l'invasion de nos troupes et il y avait des soldats partout. Rangés derrière Mutien qu'il ne fallait pas contrarier à cette époque, nous tentâmes une percée de nuit qui se solda par une rafale de mitrailleuse tirée dans notre direction. Jeanne et moi sortîmes traumatisés de cette mésaventure qui aurait pu nous coûter la vie tandis que mon frère se montra insensible à l'événement. Quelque chose avait changé en lui depuis la disparition de Gaillard, une forme de dureté qui le reliait davantage au monde des adultes qu'à celui des enfants. Je me rappelle m'être senti soudainement seul à rouler mes billes dans mes poches. J'avais perdu un compagnon de jeux.

Après plusieurs essais infructueux, nous avons fini par quitter l'Allemagne grâce à la complicité d'une unité de la Croix-Rouge qui revenait de Koblenz où elle était allée livrer du matériel médical à un hôpital en détresse. La belle hypocrisie ! Loin d'être gagnée d'avance, la partie coûta trois bonnes heures de tracasseries administratives à la responsable du convoi, une femme-médecin de la région de Liège qui, sous des dehors revêches, s'était fait un point d'honneur de nous tirer de ce mauvais pas.

Nous traversâmes la Moselle le 8 octobre en fin de matinée et je réfrénais mon envie de tambouriner ma joie par solidarité envers Mutien et aussi, par compassion pour Jeanne qui pleurait en sourdine derrière les pans de son fichu bleu pâle.

35

Pardon Mutien, pardon Lieselotte mais je suis revenu à la boîte aux oiseaux bleus, je l'ai ouverte et j'ai lu tout ce qui s'y dissimulait de billets doux, de lettres d'amour, de brouillons, de papiers griffonnés d'états d'âme. C'était plus fort que moi. J'ai tout lu derrière mes larmes, dans le désordre de l'émotion en un premier temps, avec méthode plus tard la même nuit. J'avais besoin de retrouver la chronologie de vos échanges. Oui ! je me suis approprié votre histoire.

J'ai aussi découvert ce drame qui a miné ta vie, mon pauvre Mutien. Tout cela par effraction. Bizarrement, je suis moins perclus de remords que pour ma grosse charcutière et ses saucisses. Avec une pincée d'indélicatesse, je dirais presque mon regret de ne pas avoir bravé plus tôt cet interdit. Mais qui parle encore d'interdit ? Lieselotte m'a demandé de détruire ses lettres, sans plus. Elle ne s'est pas inquiétée de savoir si j'en avais pris ou non connaissance.

Voilà que je joue sur les mots, que je me justifie : une manie congénitale ou plutôt une maladie incurable. Quel compte ai-je à rendre et à qui ? Aux hommes, à Dieu, à moi-même ? Issu du même terreau religieux, mon frère ne s'est pas embarrassé de toutes ces casseroles pieusardes dans lesquelles nous avons mijoté depuis notre plus tendre enfance. Les pèlerinages à Banneux, à Beauraing ou à Lourdes, très peu pour lui ! Quant aux dévotions initiées par ma mère, elles n'ont jamais fait que lui arracher des soupirs. Même chose pour les offices. Dans l'ébauche d'une lettre adressée à Lieselotte, Mutien dresse l'inventaire des nonnes, chanoines, jésuites, moines et curés que notre famille a produits sur trois générations. QUATORZE en me recensant et en incluant aussi notre mère qui ne vivait que pour la prière et la contemplation. « Une Sainte », disait-on dans son entourage, « une femme admirable », « une grande mystique ». Le sentiment de l'un n'est pas le sentiment de l'autre et Mutien passera au vitriol de sa plume ces quatorze serviteurs du divin. Chacun en prendra pour son grade, moi compris. Ma crédulité béate, mon arrogance de détenteur de vérités, mon incapacité à me pencher sur des problèmes autres que les miens feront l'objet de ses critiques. Venant de lui, ces coups m'ont fait mal et je me suis senti triste et incompris. Les questions de la foi, je me les suis posées en profondeur au travers des textes saints, des écrits philosophiques, de mes méditations sur la condition humaine. C'est me méjuger que d'affirmer que je campe sur des certitudes. Si tel était le cas, je me serais bien gardé de chambouler mon existence comme je l'ai fait, de m'être mis volontairement en quarantaine comme je l'ai décidé pour ne plus mentir à moi-même et inventer du sens, là où ma vie n'en avait plus.

Maintenant, là où je veux bien reconnaître mes torts, c'est sur ma capacité d'écoute ou de perception. Pour bien communiquer, il faut être du présent et, distraction ou naïveté, j'ai effectivement le grand défaut de passer à côté des messages qui me sont adressés et de n'y réagir qu'*a posteriori*. J'ai beau souffrir de ce décalage perpétuel, je n'arrive pas à réajuster du quart d'heure manquant l'horloge de ma vie. Je me souviens de Mutien agacé par les silences dont j'alourdissais nos échanges : « Tu n'es pas là, Belo ! » me disait-il. Ou : « À quoi penses-tu encore ? »

J'étais pourtant là, grand frère, maladroitement là à chercher ce quelque chose qui aurait pu nous rapprocher… combler ce manque de toi, cette distance entre nous. J'ai conservé un tel besoin de regagner cette île, notre île, de remettre mes aiguilles dans les tiennes, d'être du même cadran, dans le même ordre de rêves. Il y a si longtemps que tu m'es parti, mon Mutien. Je croyais sept, huit années et je découvre que notre séparation remonte à un demi-siècle. Je puis dire précisément le moment mais est-ce important de ressasser du mauvais souvenir, ressusciter ce vicieux de Ralf, reparler de la grenade que tu as fourrée dans son sac pour lui exploser les tripes et le sexe, la goupille que tu as gardée comme relique, comme blessure de guerre ? C'est elle que j'entendais quand je secouais la boîte aux oiseaux bleus, l'obsédante goupille.

Préservé des anges, je pioche ma mémoire pour cerner l'événement qui m'a fait passer de l'enfance à l'âge adulte et m'inquiète du lissé de mon existence. Ni pic ni crevasses, mais du vallonnement brabançon. J'en suis à me demander si j'ai jamais grandi et à me désespérer s'il en est ainsi. Je me sens si peu de ce monde dont les violences m'échappent, si démuni et, à ton image, cher marin, tellement solitaire dans l'océan déchaîné des hommes.

Je relis ton histoire. Elle est tout autre. Elle commence à treize ans. À bâbord, l'impardonné, à tribord l'impardonnable. Tu colmates les voies d'eau d'un voilier sans équipage, tu sillonnes les mers à l'affût d'un phare brisé, d'un port assiégé, d'une embarcation en détresse. Tu pourrais cabrioler avec le vent mais il y a la charge d'âmes en soute. Elle pèse sur l'eau, sur tes épaules, t'accable et tu as mal. Tu fus frappé en tes jeunes années et cela t'a ouvert des yeux trop grands sur les détresses du monde. Comme Gaillard et son grand charroi, tu vas obstinément ta route sans chercher où elle mène. Vous êtes géants tous les deux, de beaux et fragiles géants soumis aux fouets de la vie. Aujourd'hui m'indiffère que vous soyez vivants ou morts. Vous êtes en moi. Vous ne me quittez pas.

36

Quand nous passâmes du bon côté de la frontière, Mutien me fit la leçon comme quoi, sortis d'Allemagne, nous n'étions plus autorisés à nous en prendre au bien d'autrui. Son discours mettait bien évidemment de l'eau à mon moulin et je l'accueillis avec un salut militaire caricatural.

— À vos ordres, mon adjudant ! lui lançai je.

Il se jeta sur moi et nous roulâmes dans l'herbe comme deux jeunes chiens. Je l'entendis rire et cela mit du baume sur mon cœur. Le spectre de Gaillard sortait du champ et avec lui la déception d'avoir failli à notre projet.

En chemin, nous croisâmes nos premiers Américains. Une unité motorisée. Nous leur adressâmes de grands signes auxquels ils répondirent. Ils ont même klaxonné et les sonnettes de nos vélos s'en sont donné à cœur joie pour leur faire la fête. Avec des combattants de cet acabit, les Allemands pouvaient bien se tenir !

Nous atteignîmes Luxembourg le 8 au soir. Des soldats américains promenaient leur dégaine nonchalante dans toute la ville. Montés sur les ressorts de semelles en crêpe, ils nous donnaient l'impression de danser leur marche. Interpellés par deux d'entre eux et invités à nous rendre dans un de leurs cantonnements, nous fûmes non seulement rassasiés et logés mais nous pûmes, grâce à eux, bénéficier d'un camion qui montait sur Anvers le lendemain. L'aubaine de ce transport et la désinvolture rieuse d'un chauffeur noir ne déridèrent ni Mutien, ni Jeanne. Pris en étau entre mes deux comparses, je vécus tout seul ce retour triomphal dans l'habitacle vrombissant de ce mastodonte de fer. Les gens agitaient des mains sur notre passage et j'étais au comble du bonheur.

À proximité de Bruxelles, nous descendîmes du véhicule et prîmes nos vélos sous le regard paniqué de notre amie au fichu bleu clair. Interceptant ce désarroi, mon frère posa également sur le sol la bicyclette de Jeanne qui vint aussitôt l'embrasser sur la joue en guise de remerciement. J'eus droit, moi aussi, à un baiser sur le front. Mon embarras n'échappa pas à notre chauffeur noir qui explosa de rire. J'ai rougi de plus belle.

Peu de temps après, nous roulions tous les trois en terre de Brabant. Il faisait soleil et je fonçais comme un diable pour forcer la cadence. En vain.

Jeanne est restée chez nous jusqu'à l'hiver 1949. Adoptée au premier regard par ma mère, elle lui rendit au centuple son accueil en se dévouant comme personne à son service. L'histoire de Jeanne est romantique à souhait et je ne résiste pas au plaisir de la conter parce qu'elle célèbre l'amour. Ainsi, quatre années après la fin de la guerre, un homme s'est présenté à la ferme, un étranger élégant au fort accent allemand.

Il se prénommait Hermann et demandait après notre protégée. Comment avait-il retrouvé sa trace ? Par l'entremise de Mutien et le concours de Lieselotte, tout simplement. Je l'ai appris par les lettres.

Je me souviens que je disputais une partie d'échecs avec Gilbert sur un coin de la grande table quand il a frappé à la fenêtre. Jeanne était en cuisine et nous avons rigolé de la voir empoigner jupes et tablier, monter quatre à quatre les étages de la maison par l'escalier de service pour se réfugier dans sa mansarde. Sales gamins que nous étions, nous l'avons suivie pour la taquiner derrière sa porte. En larmes, elle nous supplia de la laisser tranquille et nous sommes retournés à notre échiquier. Entre- temps, ma mère avait introduit notre visiteur dans la salle à manger. Embarrassé d'un volumineux bouquet dont il ne savait que faire, il nous a adressé une formule courtoise qui nous a entraînés dans la spirale d'un fou rire inextinguible. Puis Jeanne s'est présentée, toute belle, toute timide dans le halo acajou de ses cheveux et j'ai entendu ce simple mot ébloui, « Jeanne », tremblant sous sa charge d'amour et d'attente. « Jeanne. » Et je n'ai plus eu envie de rire tant ces deux syllabes criaient la vérité d'un cœur.

C'était toi, Mutien, le ferment de ce cadeau d'amour. Dieu, qu'il m'aurait plu d'être prodigue d'un tel présent. Rien que cela donnait du sens à notre voyage !

Nous avons pédalé une bonne heure encore et la butte du lion nous est apparue sous un duvet de hautes herbes séchées. Lorsque nous avons aperçu la ferme,

Mutien a mis pied à terre. Il s'est accroupi et a plongé son visage dans ses mains.

— Allez-y ! commanda-t-il d'une voix fêlée.

Ne comprenant pas, nous nous sommes resserrés sur lui presque symétriquement Jeanne et moi.

— Laissez-moi, allez-y, insistait-il.

— Mais où tu vas aller ?

— Je ne sais pas... Au collège !

— Mais tu n'as pas tes affaires et ça va faire de la peine à maman. Déjà qu'on est parti depuis plus d'un mois...

Mutien se redressa et releva sa bicyclette. J'ai cherché à voir ses yeux mais il s'éloignait déjà, tête basse.

— Laisse-le, murmura Jeanne. Il est déçu. Il a besoin d'être seul.

Après une légère hésitation, j'ai marché puis j'ai couru vers la maison. J'avais un tel nœud dans le cœur. Je débouchai sur une cour déserte. Les hommes étaient en campagne. Avant que je ne pose la main sur la clenche, la porte s'est ouverte sur Elvire. Elle était dans tous ses états. Elle m'embrassa à me briser la nuque puis se retourna en criant :

— Madame, Madame, devinez qui nous revient !

Ma mère sortit de son bureau. Elle s'avança puis se laissa tomber sur les genoux pour se mettre à ma hauteur et me serrer longuement dans ses bras. Émus, nous n'avons rien dit mais ce silence reste pour moi notre plus beau partage.

À l'issue de cette communion tendre, elle murmura d'une voix blanche :

— Et Mutien ?

— Il est là-haut, balbutiai-je. Il pleure. Il ne veut pas venir.

— Tu dois lui dire, Belo !

— Lui dire quoi ?

— Lui dire pour Gaillard. Il nous est revenu. René l'a trouvé voici deux jours dans la pâture du bas.

Je m'arrachai à son étreinte pour courir vers l'endroit où Mutien nous avait quittés.

— Gaillard est revenu ! Gaillard est revenu ! hurlais-je à travers la campagne

Et Mutien apparut. D'un revers de manche, il a essuyé ses yeux, chassé d'un coup de tête sa mèche vers l'arrière pour partir comme un lièvre fou à travers la campagne. Il se retourna pour voir si je le suivais.

— Dépêche-toi, Belo. Tu traînes !

J'étais à bout de souffle mais tellement heureux de cette main qu'il me tendait, de ce corps secoué de rires qui me hissait sur son dos et me portait jusqu'à la culbute. Nous avons boulé sous les clôtures, trébuché dans les betteraves, griffé nos jambes aux ronces du bosquet. Une fois dans la grande pâture, Mutien a sifflé dans ses doigts et Gaillard a répondu par un hennissement de tonnerre. Après une rotation sur lui-même, le brabançon s'est lancé au trot puis au grand galop dans notre direction. Le martèlement de ses sabots s'est amplifié jusqu'à couvrir les battements de nos cœurs, les éclats de notre joie. La terre s'est mise à trembler sous nos pieds puis, le calme revenu, nos trois respirations haletantes se sont mêlées et j'ai senti que mon père était de notre souffle.

La barrière de la prairie s'est ouverte sans bruit. Ses bras d'amour déployés comme des ailes, ma mère attendait que son justicier se retourne pour l'étreindre.

Dans sa robe de deuil, elle souriait.

Épilogue

Worms, le 20 octobre 1995,

Je ne me suis pas trompé. C'est bien la photo de Gunther qui est posée sur le piano droit de Lieselotte. Je joue une page de Schumann en lisant son visage comme une partition. Les traits du cher homme ne correspondent que très peu à mes souvenirs de petit garçon. Son regard, en revanche, est resté rigoureusement semblable à celui que j'ai connu, clair, souriant, infiniment affectueux. Lieselotte se glisse derrière moi. Gracieux et alertes, ses doigts doublent la mélodie dans les hautes notes du clavier puis sa main droite immobilise doucement la mienne. L'heure avance et nous sommes attendus chez sa sœur. Je me retourne et ce sont les mêmes yeux qui m'éclairent, m'émeuvent, m'échauffent le cœur.

Greta vit à Heidelberg. Elle nous reçoit cette soirée avec Martha Hirshfeld, la petite-fille de l'éleveur avec lequel Gunther récupéra Gaillard la nuit du bombardement de Kaiserslautern. Toute une épopée qui nécessite quelques mots d'explication.

Brisé par la mort de son fils, la fatigue du voyage et l'infamie de sa situation militaire, Gunther délégua à

Walter la mission de veiller sur nous, qu'avec ou sans Gaillard nous rentrions sains et saufs au pays. L'après-midi de notre départ, il revint sur sa décision sous l'impulsion de Lieselotte, prit sa petite-fille par la main et se rendit chez Anton Hirshfeld qui possédait une bétaillère. Les anges firent le reste : le fermier devait se rendre d'urgence à Saarbrücken pour prendre livraison de génisses et cherchait un convoyeur. L'affaire fut conclue et rendez-vous fut pris pour le lendemain. Je ne raconte pas l'accueil réservé à Gunther par sa femme :

— Tu as déjà envoyé Walter derrière ces garnements. Tu ne vas pas y aller à ton tour.

Lieselotte se souvient d'avoir mis ses pleurs dans la balance. Maintenant qu'il y a prescription, autant reconnaître les faits. Elle était déjà sous le charme de Mutien.

Pour en revenir à cette expédition avec Hirshfeld, elle fut soumise aux caprices d'un camion en piteux état. Ainsi, plutôt que d'arriver à destination le soir même comme prévu, l'équipage, suite à une panne, fut contraint de faire étape en périphérie de Kaiserslautern la fameuse nuit du bombardement. Aux premières explosions, Hirshfeld n'a pas demandé son reste. Il n'était pas le seul. Des engins motorisés et des animaux fuyaient cet enfer.

Et c'est là que Gaillard a été aperçu. Le cheval était à bout de souffle et les deux hommes n'eurent aucun mal à le faire entrer dans la bétaillère.

Pour ce qui touche à la suite du voyage, je sais de la bouche de Lieselotte qu'une fois à destination Gunther se fit passer auprès des Américains pour un prisonnier qui rentrait. À Luxembourg, il embarqua avec Gaillard dans un wagon à bestiaux en partance pour Bruxelles. Persuadé que nous avions péri sous les bombes, il préféra remettre incognito le cheval en prairie et rentrer chez lui.

Il est rentré à Heidelberg à la mi-octobre, exténué et malade.

Il a fallu l'arrivée d'un télégramme envoyé par Mutien pour qu'il recommence à vivre et… Lieselotte à espérer.

On ne peut plus laconique, le texte en était : « BIEN RENTRÉ STOP MERCI »

La soirée s'annonce heureuse et Lieselotte me précède tandis que nous rejoignons ma voiture. J'aime sa silhouette gracile et souple, sa lumière. Je m'inscris derrière elle, derrière mon frère et son lourd vélo, derrière Gaillard de Graux et son charroi de détresses.

« Cinquante ans, ces jours-ci ! Le temps ne passe que pour ceux qui comptent », écrit le poète.

Je goûte un sourire, un baiser, une caresse sur mon visage, je suis ivre.

Ah Mutien… Où tu m'emmènes !

Du même auteur :

LE PASSEUR DE LUMIÈRE, Denoël, 1993.

LES SEPT COULEURS DU VENT, Denoël, 1995.

LE PUISATIER DES ABÎMES, Denoël, 1998.

AUBERTIN D'AVALON, Lattès, 2002.

LUEURS, Lattès, 2011.

PRÉLUDE DE CRISTAL, Lattès, 2011.

PAPIER À BASE DE FIBRES CERTIFIÉES

Le Livre de Poche s'engage pour l'environnement en réduisant l'empreinte carbone de ses livres. Celle de cet exemplaire est de :
250 g éq. CO_2
Rendez-vous sur www.livredepoche-durable.fr

Composition réalisée par Chesteroc Ltd.

Achevé d'imprimer en janvier 2014, en France sur Presse Offset par
Maury Imprimeur - 45330 Malesherbes
N° d'imprimeur : 186698
Dépôt légal 1re publication : juin 2008
Édition 05 - janvier 2014
Librairie Générale Française - 31, rue de Fleurus - 75278 Paris Cedex 06

31/1843/7